Åsa Larsson · Ingela Korsell · Henrik Jonsson

Dämonenjäger

Jagd auf den Höllenhund

DIE AUTORIN

Åsa Larsson ist eine der renommiertesten Thriller-Autorinnen Skandinaviens. Ihre Bücher haben sich weltweit millionenfach verkauft. »Dämonenjäger« ist ihre erste Serie für Kinder.
Ingela Korsell war Lehrerin, bevor sie sich entschloss, ein Studium der Jugendliteratur zu beginnen. Sie hat in Schweden bereits zwei Krimis für Kinder veröffentlicht.
Henrik Jonsson hat Comicillustration studiert und für DC Comics an Serien wie »Batman« und »Suicide Squad« mitgearbeitet. Seine erste eigene Comic-Serie »Der Nordmann« veröffentlichte er 2013.

Weitere Bücher in dieser Reihe:
Band 1: Dämonenjäger – Im Bann der Finsternis
Band 3: Dämonenjäger – Der Fluch des Geisterkinds

Åsa Larsson · Ingela Korsell

Dämonenjäger
Jagd auf den Höllenhund

Zeichnungen von Henrik Jonsson

Aus dem Schwedischen
von Maike Dörries

cbt

MARIEFRED
KIRCHENRUINE
ORANGERIE
HEJ-HENRYS
HÜTTE

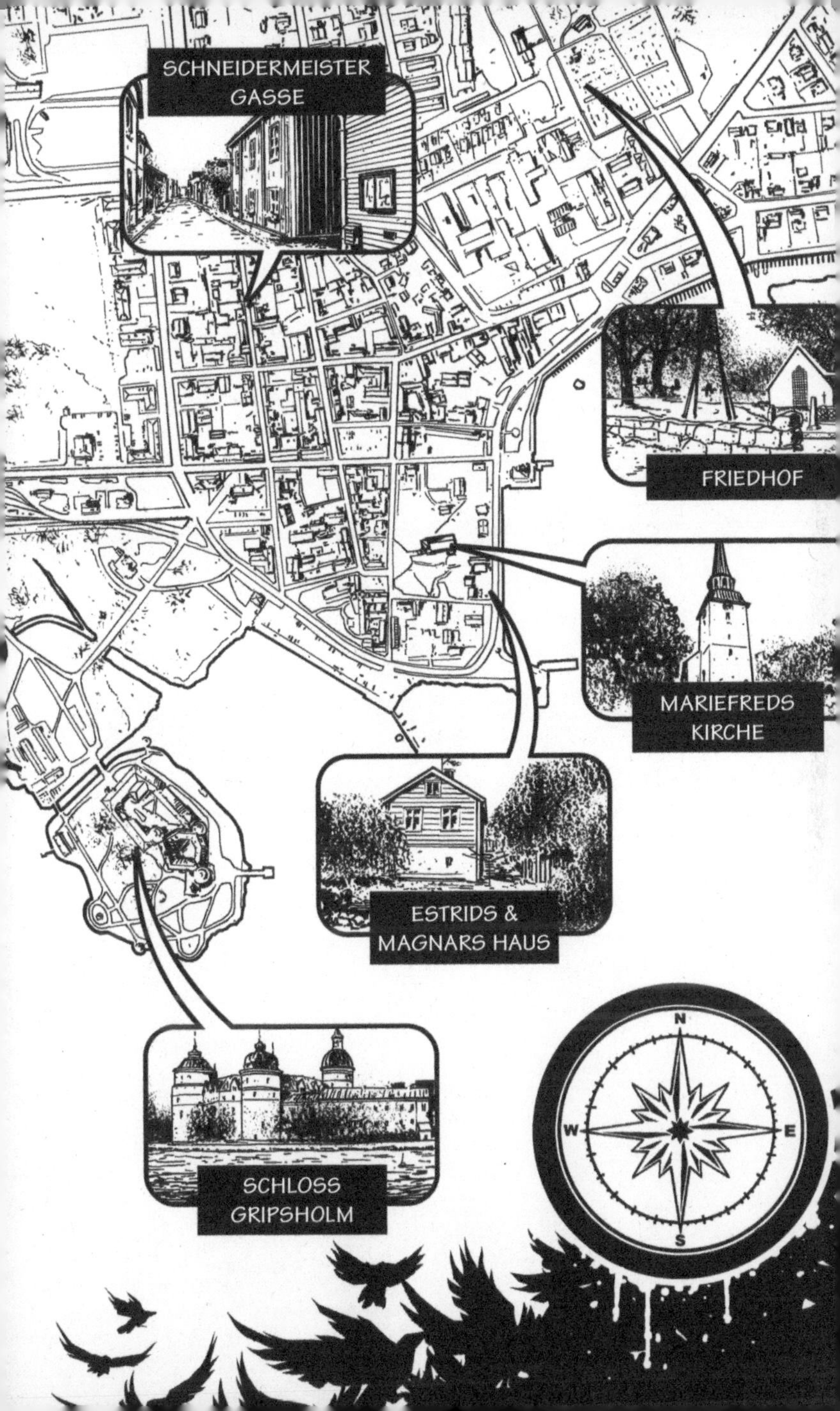
SCHNEIDERMEISTER GASSE
FRIEDHOF
MARIEFREDS KIRCHE
ESTRIDS & MAGNARS HAUS
SCHLOSS GRIPSHOLM
N
W
E
S

KAPITEL 1

Der Einäugige

Viggo läuft durch die Dunkelheit, zwischen den Bäumen hindurch. Da drin im Wald lauert irgendetwas. Ein Ungeheuer mit messerscharfen Krallen. Sie haben die Spuren gesehen und wissen, dass es irgendwo in der Nähe sein muss. Die Angst ringelt sich wie eine Schlange in seinem Bauch. Sein großer Bruder Alrik läuft dicht hinter ihm.

Wo sind Estrid und Magnar? Viggo wirft einen Blick über die Schulter nach hinten. Sie sind zurückgefallen. Die beiden sind nicht mehr die Jüngsten, sie können nicht mehr so schnell laufen. Der Abstand zwischen ihnen wird immer größer. Da sieht er vor sich die Hütte, in der Magnars und Estrids Bruder wohnt.

Hoffentlich ist er zu Hause und macht ihnen die Tür auf.

Endlich am Ziel. Magnar stützt sich mit den Händen auf den Knien ab und schnappt nach Luft. Estrid hämmert gegen die Tür, aber niemand macht auf.

Viggo sieht sich um. Überall steht alter Plunder herum. Kaputte Kühlschränke, Autos ohne Reifen, Metallteile, die wie Skelette aussehen, große schwarze Gummireifen in hohen Stapeln. Ein Haufen Schrott.

Viggos Neugier ist geweckt und er vergisst fast seine Angst. Er untersucht eine merkwürdige Apparatur, die wie eine verrückte Erfindung aussieht, kann sich aber nicht vorstellen, wozu sie gut sein soll.

Ein Stück weiter weg steht eine zweite Hütte, ein Traktor parkt davor. Über den Reifen könnte er auf das Traktordach klettern und von da weiter auf das Hausdach. Aber dazu muss man ein guter Kletterer sein. Und das ist Viggo. Ein sehr guter sogar. Ein Versuch kostet nichts, denkt er und läuft zu der anderen Hütte.

»Da wohnt niemand«, sagt Estrid.

»Ich will nur mal gucken«, sagt Viggo und geht um den Traktor herum.

Da sieht er plötzlich etwas im Augenwinkel.

Er fährt herum. Im Schatten zwischen einem Stapel Dachziegel und einem rostigen Pflug drückt sich jemand gegen die Wand. Jemand mit einer schwarzen Mütze. Und einem unmenschlichen Gesicht! Da, wo die Augen sein sollten, sind nur zwei schwarze Löcher.

Die Gestalt streckt eine knochige Hand nach Viggo aus und stößt einen heiseren Laut aus.

»Grrrrsch!«

Viggo will schreien, aber es kommt kein Laut über seine Lippen. Er kriegt keine Luft.

Der Augenlose macht einen Schritt auf ihn zu. Da löst sich Viggos Lähmung und er beginnt, wie ein Wahnsinniger zu schreien.

Estrid, Magnar und Alrik eilen ihm zu Hilfe. Estrid schreit auch, aber nicht aus Angst, sondern vor Wut.

»Henry«, ruft sie. »Was machst du denn da?«

Sie reißt der Gestalt die Mütze vom Kopf. Viggo hört auf zu schreien. Jetzt sieht er, dass das ein Mann in Estrids und Magnars Alter ist. Von einem seiner Augen ist wirklich nur eine leere Augenhöhle geblieben, aber das andere ist völlig gesund. Der Alte hat das Augenlid schwarz geschminkt. Wenn er das gesunde Auge zumacht, sieht es aus, als hätte er gar keine Augen.

»Darf ich euch unseren Bruder Henry vorstellen«, sagt Magnar. »Die Leute nennen ihn Hej-Henry, weil …«

»Hej, hej«, sagt Henry.

»… weil er immer Hej, hej sagt«, beendet Magnar den Satz und legt seinem Bruder eine Hand auf die Schulter.

»Setz dein Auge ein, Henry!«, kommandiert Estrid.

Henry wischt sich verlegen über den kahlen Schädel. Dann steckt er die Hand in die Tasche und zieht ein Glasauge heraus, das er in die leere Augenhöhle drückt.

Viggo starrt den Alten fasziniert an.

»Hej, hej«, sagt Henry noch einmal. »Tut mir leid, Junge. Ich wollte dich nicht erschrecken. Oder vielleicht doch. Ich hab einfach nicht nachgedacht.«

»Wie wär's, wenn du irgendwann mal damit anfängst«, faucht Estrid. »Nachzudenken.«

»Idiot!«, schreit Viggo. »Du blöder, alter Idiot!«

»Viggo …«, sagt Magnar beruhigend, aber Viggo lässt sich nicht beruhigen.

»Findest du das etwa komisch?«, schreit er. »Macht es dir Spaß, Kinder zu erschrecken?«

»*Jaaaa! Kiiinder erschräächen! Luustig!*«, kreischt über ihnen eine schrille Stimme.

Auf dem Dach sind jetzt trippelnde Schritte zu hören,

als würden ein paar Riesenratten über die Dachpfannen laufen.

»Was ist denn das?«, ruft Alrik.

»Imps!«, keucht Magnar.

Auf dem Dach werden drei der kleinen Biester sichtbar. Sie sind ungefähr so groß wie Katzen und laufen auf den Hinterbeinen wie Menschen. Aber sie stützen sich mit ihren langen Armen ab, die ihnen bis an die Knöchel reichen. Das Kratzen und Schaben ihrer Krallen auf den Dachpfannen, wenn sie hin und her huschen, jagt Alrik und Viggo eine Gänsehaut über den Rücken. Sie haben platte Stirnen und garstige schwarze Knopfaugen. Keine Ohren, keine Nase, nur Löcher im Schädel. Jetzt kreischen sie alle durcheinander.

»Ihr seid Abendessen!«

»Es tötet!«

Viggo schaut sich ängstlich um. Meinen sie das Wesen im Wald? Das Licht der Außenbeleuchtung der Hütte reicht nicht weit. Der Mond leuchtet, aber zwischen den Bäumen ist es stockfinster. Sehen die Imps etwas, das er nicht sehen kann? Oder wittern sie das Monster dort draußen.

»Blut!«, jaulen die Imps. *»Bluuut!«*

Sie rutschen auf dem Bauch die Dachschräge runter, legen sich in die Dachrinne, fletschen die Zähne und kratzen in der Luft nach Viggo, der am dichtesten an der Wand steht. Mit einem Satz bringt er sich in Sicherheit.

»Verdammtes Ungeziefer«, murrt Magnar.

»Wenn sie weiter so einen Lärm machen, locken sie noch das Ungeheuer, oder was immer das ist, aus dem Wald an«, sagt Estrid leise.

»Einzeln sind sie in der Lage, einen kleinen Hund zu töten«, sagt Magnar. »Aber in der Gruppe werden sie richtig gefährlich. Den dreien da oben möchte ich nicht alleine begegnen. Jedenfalls nicht unbewaffnet.«

»Wo kommen die Viecher denn plötzlich her?«, will Hej-Henry wissen.

»Ich habe vorgestern erst…«, beginnt Magnar – doch er wird von einem splitternden Krachen unterbrochen. Einer der Imps hat eine Dachpfanne nach ihm geworfen und ihn nur knapp verfehlt.

»Achtung!«, ruft Viggo, der sieht, wie der nächste Imp eine Dachpfanne losreißt und auf sie schleudert.

Gleich darauf haben die Gnome auf dem Dach eine Arbeitsteilung organisiert: Ein Imp reicht den anderen beiden die Dachpfannen, die damit die Menschen auf dem

Boden bewerfen. Sie lachen und quietschen vor Freude, ihre dünnen Schwänze peitschen begeistert durch die Luft.

Da macht es plötzlich ZISCHHH und einer der Imps fliegt im hohen Bogen durch die Luft, ehe er mit einem dumpfen Klatscher auf dem Boden aufschlägt.

Estrid hat sich eine der orangefarbenen Stangen geschnappt, mit denen man bei hohem Schnee die Wegränder absteckt. Und wenn Estrid etwas kann, dann mit Stangen oder Stöcken umgehen, das haben Viggo und Alrik mit eigenen Augen gesehen.

Die Stange rotiert in Estrids Händen wie ein Helikopterpropeller.

BLAPP! macht es, als sie den zweiten Imp vom Dach fegt, ehe der dritte überhaupt blinzeln kann. Zwei Imps liegen nun leblos auf der Erde.

Der dritte Imp klettert blitzschnell am Schornstein hoch. Alrik hebt zwei Scherben einer zerbrochenen Dachpfanne auf und zielt damit auf den Imp.

Volltreffer! Der Imp rutscht auf der anderen Seite des Daches herunter. Estrid rennt um das Haus herum.

Die anderen laufen hinter ihr her und biegen gerade um die Hausecke, als Estrid den Imp mit ihren schweren Arbeitsstiefeln zertritt.

Viggo dreht sich um, als ihm jemand auf die Schulter klopft, und starrt direkt in das Gesicht eines Imps.

Ehe er einen lauten Schrei ausstößt, sieht er, dass es nur Hej-Henry ist, der einen der toten Imps am Nackenfell hochhält.

»Haha!«, lacht Hej-Henry. »Ist das dein Freund? Um ein Haar hätte er dich mit seinen Krallen erwischt, was? Dann bräuchtest du jetzt vielleicht genauso ein Glasauge wie ich.«

Hej-Henry will eigentlich noch mehr sagen, aber Viggo verpasst ihm einen kräftigen Stüber gegen den Brustkorb. Alrik sieht, dass er mit den Tränen kämpft. Im nächsten Augenblick dreht Viggo sich um und rennt los.

»Nein, Viggo!«, ruft Alrik. »Nicht weglaufen ... Das ist viel zu gefährlich! Warte!«

Das ist mal wieder typisch Viggo, einfach so abzuhauen. Hat er das Ungeheuer im Wald vergessen? Das hat gerade erst einen ausgewachsenen Hirsch erlegt, einen Wicht wie Viggo schafft es doch mit Links.

»Das ist deine Schuld«, fährt er Hej-Henry an und läuft so schnell er kann hinter seinem Bruder her. Aber er traut sich nicht zu rufen. Wer weiß, was oder wer in der Dunkelheit hinter den dicken Stämmen lauert?

KAPITEL 2

Geocaching

Alrik rennt die ganze Strecke bis nach Hause. Na ja, eigentlich ist das Anders' und Laylahs Zuhause. Alrik und Viggo sind Pflegekinder. Laylah nennt sie *Extrakinder*. Das klingt viel netter.

Alrik schüttelt sich im Vorflur die Schuhe von den Füßen und rennt hoch in das Zimmer, das er mit Viggo bewohnt.

Viggo liegt mit allen Kleidern unter der Decke und spielt *Pflanzen gegen Zombies* auf seinem Handy. Alrik setzt sich auf seine Bettkante und schreibt eine SMS an Magnar, dass sie beide zu Hause sind. Gleich darauf kommt die Antwort.

»Ich soll dich von Magnar grüßen. Er und Estrid sind auch wieder zu Hause und in Sicherheit.«

»Schreib ihm zurück, sie sollen zu Hölle fahren«, sagt Viggo bockig.

Alrik tut so, als hätte er Viggos Kommentar nicht gehört.

»Magnar schreibt auch, dass ich dir Grüße von Henry ausrichten soll.«

Viggo schießt den Zombies mit Erbsen Arme und Köpfe ab.

»Schönen Gruß zurück, ich hasse ihren Idiotenbruder. Der hat doch einen echten Dachschaden!«

Alrik schickt eine Nachricht.

»Magnar antwortet, dass Henry vielleicht etwas speziell ist, aber eigentlich herzensgut.«

Viggo reagiert nicht. Er zieht seine Kleider aus und lässt sie auf den Boden fallen, ehe er schnell wieder unter seine Decke kriecht.

»Magnar wünscht uns eine gute und ruhige Nacht«, erzählt Alrik weiter. »Er glaubt nicht, dass heute Nacht noch was passiert.«

Aber da irrt Magnar sich gewaltig.

Gleich hinter der Ortseinfahrt von Mariefred liegt auf einem Hügel eine Ruine. Ein älterer Mann macht einen Abendspaziergang. Keinen gewöhnlichen Abendspaziergang, sondern Geocaching. Seit er Rentner ist, ist das sein neues Hobby. Er hat inzwischen Geocaching-Freunde in ganz Schweden gefunden, ach was, auf der ganzen Welt. Fürs Geocaching werden kleine Schätze versteckt, die man anhand von Hinweisen und Koordinaten finden kann, die auf der Homepage des Clubs hinterlegt werden.

»Dann wollen wir doch mal sehen«, redet er mit sich selbst. »Laut GPS müsste der Schatz hier sein.«

Er sieht sich um. Das Mondlicht leuchtet gespenstisch über der Ruine. Eine kühle Brise zieht vorbei. Er schüttelt sich und klappt den Jackenkragen hoch.

Dann beugt er sich vor und beginnt zu suchen. Er leuchtet mit seiner Taschenlampe zwischen die Zweige der Büsche, pflügt mit den Schuhen durch das gelbe Gras, sucht mit dem Blick alle Löcher und Vertiefungen am Boden ab. Hier und da tastet er mit den Fingern zwischen Mauersteinen und da … Da ist etwas! Der Schatz.

Er zieht eine Plastikschachtel aus dem Hohlraum, klappt den Deckel auf und nimmt das Logbuch heraus, das in allen Schatzkisten liegt. Er notiert seinen Namen,

das Datum und die Uhrzeit und stellt zufrieden fest, dass er der Erste ist, der diesen Schatz entdeckt hat.

Ganz in der Nähe knackt ein Ast. Ist da jemand? Er schaut hoch, kann aber nichts erkennen.

Er untersucht den Inhalt der Schatzkiste, entscheidet sich für den Zauberwürfel und legt dafür ein Kartenspiel in die Kiste. So funktioniert nämlich Geocaching. Wenn man etwas aus der Schatzkiste herausnimmt, muss man etwas anderes hineinlegen. Er stellt die Kiste dahin zurück, wo er sie gefunden hat.

»Das war's!«, sagt er und wischt sich den Dreck von den Fingern, als ihm plötzlich ein beißender Geruch in die Nase steigt. Igitt, kommt das von seinen Händen? Er schnuppert an seinen Fingern. Nein.

Da hört er ein Geräusch hinter sich. Das Geräusch von etwas Hartem, Berstendem. Wie Steine, die zerspringen.

Er erstarrt in seiner Bewegung. Hinter ihm steht jemand. Oder genauer gesagt ETWAS. Er lässt die Taschenlampe fallen, wagt nicht, sich umzudrehen.

Jetzt rauscht das Gras auf ihn zu, obwohl er natürlich weiß, dass er auf das Gras zurauscht, weil er nach vorne kippt. Etwas Schweres legt sich auf seinen Rücken.

Dann wird alles schwarz.

KAPITEL 3

Essenskrieg und Magie

»Und wer wird morgen zwölf Jahre alt?«, fragt Laylah beim Frühstück und wuschelt Alrik durchs Haar.

Sie kann nie an Alrik oder Viggo vorbeigehen, ohne ihnen über den Arm oder den Rücken oder den Kopf zu streichen. Gar nicht aufdringlich, keine Umarmungen oder so, eher wie zufällig, ohne darüber nachzudenken.

»Ähh«, sagt Alrik und schiebt sich einen Löffel Müsli in den Mund. »Geburtstage sind mir egal.«

»Aber morgen kommt doch Mama und unternimmt was mit uns«, sagt Viggo glücklich.

»Genau«, antwortet Laylah. »Und darum veranstalten wir heute schon ein kleines Fest für Alrik.«

»Ähh«, sagt Alrik wieder.

»Ich finde, Geburtstage müssen gefeiert werden«, erklärt Laylah und lächelt. »Und darum backe ich einen Schokokuchen, die reinste Zuckerschock-Bombe! Und vorher gibt es Nuss-Schnitten nach dem Rezept meiner Großmutter.«

Sie läuft die Treppe hoch und gleich darauf hören sie das Surren ihrer elektrischen Zahnbürste oben im Badezimmer. Anders ist schon bei der Arbeit. Viggo und Alrik sind alleine in der Küche.

»Ich bin ja mal gespannt auf das Geschenk, das Mama für dich hat«, sagt Viggo. »Beim letzten Telefonieren hat sie gesagt, sie hätte eine Superüberraschung für dich.«

Alrik sagt nichts. Es versetzt ihm einen Stich, zu sehen, wie sehr Viggo sich auf Mamas Besuch freut, wie schrecklich er sie vermisst. Alrik weiß es besser. Es kann gut sein, dass Mama überhaupt nicht kommt. Oder noch schlimmer, dass sie betrunken ist und das Geschenk vergessen hat. Es ist besser, nichts zu erwarten und sich nicht zu sehr zu freuen, sonst wird man nur enttäuscht.

»Hallo!«, sagt Viggo. »Bin ich Luft? Krieg ich vielleicht mal eine Antwort?«

»Ich scheiß auf Mama«, sagt Alrik.

Das kommt viel härter als geplant. Aber gesagt ist gesagt.

»Ich scheiß auf sie und ihr Geschenk, wann kapierst du das endlich?«

»Wie meinst du das?« Viggo klingt plötzlich ganz kläglich.

»Ich glaube nicht, dass sie kommt. Sie ist eine unzuverlässige, blöde Kuh.«

Hinter Alrik knallt etwas gegen die Wand.

Viggo hat mit seiner Müslischale nach Alrik geworfen, ihn aber verfehlt.

Überall sind Joghurtflecken, auf dem Tisch, auf dem Boden und in Alriks Haar.

»Sag mal, spinnst du?«, schreit Alrik, aber da feuert Viggo schon mit seinem Butterbrot nach ihm, gefolgt von einem Glas Erdnussbutter. Alrik duckt sich. Das Glas knallt auch gegen die Wand, aber es hält, landet mit einem dumpfen Knall auf dem Boden und rollt weg.

Laylah kommt die Treppe runter gerannt. »Jungs!«, ruft sie. »Was um alles in der Welt …«

Weiter kommt sie nicht, weil sie in einem Joghurtflecken ausrutscht und sich gerade noch an der Spüle festhalten kann, um nicht zu stürzen.

Viggo springt auf, sein Stuhl kippt um. Er hält den Käse wurfbereit in der Hand. »Alrik sagt, dass Mama morgen nicht kommt«, schreit er. Er hat Tränen in den Augen.

Alrik hält schützend die Arme vors Gesicht.

»Mama hat versprochen, dass sie kommt«, schreit Viggo weiter. »Sie hat gesagt, dass sie eine ganz tolle Überraschung für Alrik hat. Stimmt doch, Laylah, oder? Sie kommt doch?«

»Sie hat gesagt, dass sie kommt«, sagt Laylah langsam. »Aber ich kann nicht versprechen, dass sie das auch wirklich tut. Bist du so lieb und legst den Käse zurück auf den Tisch, Viggo?«

Viggo stürmt an ihr vorbei und tritt mit der Socke in den Joghurt auf dem Boden, ohne es zu merken. Er springt in seine Schuhe und rennt aus dem Haus, ohne die Tür hinter sich zuzumachen.

Viggo bricht seinen persönlichen Rekord auf hundert Meter, als er die Munkhagsgatan und die Djurgårdsgatan zur Schule hoch rennt. Erst an der Steigung zum Gemeindehaus hoch wird er langsamer. Die schlimmste Wut hat er sich inzwischen aus dem Leib gelaufen. Sein Herz hämmert und er hat Seitenstiche. Die eine Socke ist feucht, stellt er fest und bleibt stehen, um sie auszuziehen. Lieber barfuß in den Schuhen als mit klebrigen Socken.

Er schüttelt den einen Schuh vom Fuß, zieht die feuchte Socke aus und knüllt sie in die Tasche.

Aus dem Augenwinkel sieht er, dass jemand zu ihm kommt. Zuerst sieht er nur zwei abgewetzte braune Cordhosenbeine, die in schweren Lederstiefeln stecken.

»Hej, hej!«, sagt eine Stimme über ihm.

Die Stimme kennt Viggo. Er schaut nach oben. Vor ihm steht Estrids und Magnars Idiotenbruder, der einäugige Henry. Hej-Henry. Heute hat er zwei Augen, auch wenn deutlich zu erkennen ist, dass eins ein Glasauge ist. Es wird einem ganz schwindelig, wenn man ihn anguckt, weil das Glasauge in eine ganz andere Richtung guckt als das echte.

Auf Hej-Henrys Schädel wächst kaum ein Haar, dafür hat er umso buschigere Augenbrauen. Die Mantelärmel sind durchgescheuert und am Saum ausgefranst. Er sieht aus wie einer, der in Treppenaufgängen schläft und seinen ganzen Besitz in einem Einkaufswagen mit sich herumfährt.

»Dich grüß ich nicht«, sagt Viggo sauer.

»Das versteh ich, Junge«, sagt Hej-Henry. »Aber tust du nie Dinge, ohne vorher darüber nachzudenken? Und hinterher tut's dir schrecklich leid?«

Viggo macht den Mund auf, schließt ihn aber gleich wieder. Er denkt an die Müslischale, die er an der Wand zerdeppert hat.

»Geht dich nichts an«, murrt er.

»Natürlich nicht«, sagt Hej-Henry. »Aber hej! Wenn ich dir zehn Kronen gebe, ist mir dann vergeben?«

Er hält eine Zehnkronenmünze in der Hand. Viggo funkelt die Münze an. Hält der Alte ihn für ein Baby, oder was?

»Zu wenig, stimmt's?«, sagt Hej-Henry und schließt die Hand um die Münze. »Vergebung kostet wahrscheinlich 'ne Stange mehr, nehm ich an.«

Er bläst in die geballte Faust und öffnet sie. Aus der Münze ist ein Zwanzigkronenschein geworden.

Viggo starrt den Schein an.

»Immer noch zu wenig?«, fragt Hej-Henry besorgt und schließt die Hand um den Zwanzigkronenschein.

Er schlägt sich mit der Faust gegen die Stirn. Als er die Hand wieder öffnet, hat sich der Zwanziger in einen Fünfziger verwandelt.

»Aber!«, fährt Hej-Henry fort. »Wenn du noch mehr willst, musst du schon auch was dafür tun!«

Er schließt die Hand um den Fünfzigkronenschein, hält sie an Viggos Ohr, zieht sie zurück und öffnet sie. Jetzt liegt in seiner Hand ein Hunderter. Viggo glotzt mit offenem Mund.

»Wie hast du das gemacht?«

»Ist mir vergeben?«, fragt Hej-Henry mit einem schiefen Grinsen und schielt heftiger als je zuvor.

Viggo starrt auf den Geldschein. Hundert Kronen. Davon könnte er ein Geschenk für Alrik kaufen. Wieso ist er eigentlich so ausgerastet? Wenn er ein schönes Ge-

schenk für Alrik findet, wird bestimmt alles wieder gut zwischen ihnen. Er schnappt sich den Schein.

»Für hundert Kronen gibt es aber keine Komplettvergebung«, sagt er, »höchstens Viertelvergebung.«

Hej-Henry zuckt mit den Schultern. »Okay, wenn du meinst.«

Viggo schaut auf die Uhr auf seinem Handy. »Ich muss zur Schule«, sagt er. »Wenn du mir den Zaubertrick verrätst, kriegst du fünfzig Prozent Vergebung!«

»Was?«, ruft Hej-Henry mit gespielter Empörung. »Ein Magier verrät niemals seine Tricks. Für den Hunderter plus den Trick will ich mindestens siebzig Prozent Vergebung. Das ist mein letztes Angebot.«

»Sechzig.«

Hej-Henry legt die Hände in einer verzweifelten Geste vors Gesicht. Dann zieht er einen Zwanziger aus der Nase und ruft:

»Fünfundsechzig! Plus diesen prima Zwanziger!«

»Prima! Würg! Der war in deiner Nase!« Viggo lacht. Der Alte ist wirklich verrückt. Aber irgendwie auch cool.

»Angenommen!«, sagt er, schnappt sich auch noch den Zwanziger und düst los Richtung Schule.

»Hej, hej!«, ruft Hej-Henry hinter ihm her. »Du weißt schon, dass du nur eine Socke anhast, oder?«

Aber Viggo hört ihn nicht mehr. Er rennt, so schnell er kann, und denkt, dass es wirklich merkwürdige Menschen auf dieser Welt gibt.

Noch weiß er nicht, dass er vor Ende dieses Tages jemandem begegnen wird, der noch viel, viel merkwürdiger als Hej-Henry ist.

KAPITEL 4

Bist du hungrig?

»Was ist denn hier passiert?«, fragt Laylah mit einem Blick auf das Chaos in der Küche. Der Käse liegt im Flur, wo Viggo seine Schuhe angezogen hat.

Alrik antwortet nicht. Er weiß nicht, wie er es erklären, wo er anfangen soll. Manchmal passieren einfach zu viele Sachen auf einmal.

Laylah steht schweigend da, dann seufzt sie und sagt zu Alrik, dass er einen anderen Pullover anziehen und die Haare ausspülen soll.

»Du schaffst es trotzdem noch pünktlich zur Schule. Tu mir den Gefallen und nimm Viggos Rucksack mit und gib ihn in seiner Klasse ab. Ich schmier dir in der Zwischenzeit ein Brot, das du unterwegs essen kannst.«

Alrik geht durch die Ruddammsgatan. Die führt an der Rückseite der Schule vorbei. Direkt an den Schulhof angrenzend, nur durch eine Steinmauer getrennt, liegt der Friedhof. Und gleich daneben ist ein kleines Wäldchen, wo nie jemand ist.

Dort auf der Mauer kann man ganz in Ruhe sitzen, trotz der Nähe der Schule. Und wenn Alrik jetzt etwas braucht, dann Ruhe, jedenfalls einen kurzen Moment.

Er macht es sich bequem und packt sein Butterbrot aus. Die Herbstsonne scheint durch die Baumkronen. Für Oktober ist es noch ganz schön warm.

Er hätte das über Mama nicht sagen sollen. Viggo ist, was das betrifft, sehr empfindlich. Das weiß Alrik. Und wenn Viggo sich aufregt, rastet er oft völlig aus.

Warum hab ich nicht einfach die Klappe gehalten, denkt er. Vielleicht hat Viggo ja recht. Vielleicht kommt sie ja wirklich morgen. Mit der Superüberraschung, wie sie es am Telefon gesagt hat.

Er wirft einen Blick auf die Uhr. Zeit zu gehen. Er muss schließlich noch bei Viggos Klasse vorbei und ihm seinen Rucksack bringen. Und um was Nettes zu sagen, damit sie sich wieder vertragen.

Als Alrik von der Mauer rutscht, sieht er etwas, das ihn innehalten lässt.

In einer Mulde zwischen ein paar Büschen liegt ein Hund und schläft.

Alriks Herz setzt einen Schlag aus. Ein Hund. Ein einsamer, wunderbarer Hund. Es durchrieselt ihn warm. Er schläft ganz genüsslich in der Sonne. Zusammengerollt wie ein Fuchsjunges mit der Schnauze unterm Schwanz.

Als würde er spüren, dass er beobachtet wird, schlägt der Hund die Augen auf und sieht Alrik an. Mit einem Satz ist er auf den Beinen.

»Tut mir leid«, flüstert Alrik. »Ich wollte dich nicht erschrecken.«

Der Hund weicht zurück. Er ist ziemlich mager und das schwarzweiße Fell ordentlich zottelig. Das eine Ohr ist nach unten geklappt, das andere steht hoch. Er trägt kein Halsband. Hat er keinen Besitzer?

»Warte!«, sagt Alrik. »Bist du hungrig?«

Er bricht ein Stück von seinem Brot ab und wirft es dem Hund hin.

Der Hund weicht noch weiter zurück. Dann streckt er

die Schnauze in die Luft, schnuppert und kommt vorsichtig näher. Irgendwann traut er sich ganz vor und schnappt sich das Stück Brot. Dann schaut er Alrik an.

Hast du noch mehr davon?, scheint er zu fragen.

»Ja«, flüstert Alrik. »Da hast du.«

Er wirft ihm noch ein Stück hin, diesmal nicht so weit. Der Hund kommt angelaufen und schlingt den Bissen herunter. Er ist höchstens noch drei Meter von Alrik entfernt. Bestimmt hat er auch Durst.

Der Hund sieht Alrik wachsam an.

Alrik hält das letzte Stück Brot in der Hand. Der Hund zögert, obwohl er nichts lieber hätte als das Brot, das sieht man ihm an. Er macht ein paar zögernde Schritte auf Alrik zu. Und noch einen. Noch einen. Behält Alrik die ganze Zeit wachsam im Auge.

»Für dich«, flüstert Alrik leise.

Der Hund streckt die Schnauze vor. Aber in dem Augenblick, als er Alrik aus der Hand fressen will, dreht er plötzlich den Kopf zur Seite und bleckt die Zähne. Eine Sekunde später zischt etwas durch die Luft. Der Hund jault auf, als er von dem Stein getroffen wird.

Alrik fährt herum und entdeckt Simon, der direkt hinter ihm auf der Steinmauer steht. Er war so auf den Hund konzentriert, dass er nicht mitbekommen hat, wie Simon sich hinterrücks angeschlichen hat. Er hat den Stein geworfen.

Simon geht in Viggos Klasse und ist ein echter Idiot. Schon am ersten Schultag hat er sich mit ihm geprügelt.

»Volltreffer«, ruft Simon.

»Lass das!«, ruft Alrik.

Simon grinst und wirft einen weiteren Stein hinter dem fliehenden Hund her.

»Noch ein Volltreffer!«

Alrik ist mit einem Satz bei der Mauer und stürzt sich auf Simon. Sie ringen auf der Steinmauer miteinander, schürfen sich die Knie an den spitzen Kanten auf. Stürzen verknäuelt herunter und rollen über den Boden. Alrik drückt Simons Gesicht in den Schotter.

»Sofort aufhören mit dem Unsinn!«, ertönt eine Männerstimme über ihnen und Alrik spürt einen Schraubstockgriff im Nacken.

KAPITEL 5

Wie war das mit dem Lügen, Alrik?

Der Klammergriff um Alriks Nacken zwingt ihn, von Simon abzulassen. Natürlich, das ist Werk-Thomas, Simons Vater.

»Sofort aufhören! Was soll der Quatsch?«, fragt Thomas aufgebracht.

»Alrik hat sich einfach auf mich gestürzt«, jammert Simon. »Dabei hab ich gar nichts gemacht, ich bin nur auf der Mauer rumbalanciert. Und da hat er gesagt, ich soll sofort da runtergehen … oder … Dann hat er mich runtergeschubst und auf mich eingeprügelt.«

Jetzt schluchzt Simon sicherheitshalber noch etwas lauter.

»Er hat mit Steinen nach einem Hund geworfen«, schreit Alrik aufgebracht. »Dem ich was zu fressen gegeben habe.«

»Hab ich gar nicht. Er lügt«, schnieft Simon und sucht Schutz hinter seinem Vater.

Thomas hat Alrik immer noch im Nacken gepackt. »Was haben wir übers Schlagen gesagt, Alrik?«, sagt Thomas.

Seine Stimme klingt ruhig, aber seine Nasenflügel beben vor Wut.

»Simon darf genau wie du auf der Mauer balancieren, auch wenn du da anderer Meinung bist.«

»Ist mir doch scheißegal, wie viel er auf der blöden Mauer rumbalanciert«, ruft Alrik. »Aber er hat einen Hund mit Steinen beworfen.«

Thomas schaut sich demonstrativ um, ohne Alrik loszulassen.

»Ich kann keinen Hund sehen«, stellt er fest. »Und ich habe vorher auch keinen gesehen. Was haben wir übers Lügen gesagt, Alrik?«

»Au! Lassen Sie mich gefälligst los!«, ruft Alrik.

»Okay. Du kriegst noch eine Chance. Ich werde mit niemandem über diesen Zwischenfall reden, diesmal will ich ein Auge zudrücken. Aber nur, wenn du dich ab jetzt ordentlich aufführst.«

Thomas lässt ihn los und schubst ihn nach vorne.

»Und es war doch ein Hund hier. Simon ist derjenige, der lügt«, presst Alrik zwischen zusammengepressten Zähnen hervor.

Er hebt seinen und Viggos Rucksack auf und läuft zur Schule. Wie er Simon und seinen verfluchten Vater hasst!

»Sollte sich hier tatsächlich ein streunender Hund herumtreiben – was natürlich nicht der Fall ist –, dann sollte man hübsch vorsichtig sein«, ruft Thomas hinter ihm her. »Hast du keine Nachrichten gehört? Heute Nacht ist bei der Ruine ein Mann von einem Raubtier angefallen und totgebissen worden!«

Der Tote bei der Ruine ist das Gesprächsthema Nummer eins in der Schule. Er hatte schreckliche Bisswunden am ganzen Körper. Es heißt, dass ein Mörderhund frei in Mariefred herumläuft. Am Ende des Schultages holen viele Eltern ihre Kinder mit dem Auto ab, weil sie sie nicht alleine nach Hause gehen lassen wollen.

Viggo und Alrik gehen mit Magnar zu der Ruine. Sie

haben sich wieder vertragen. Viggo läuft in Kreisen um sie herum.

»Auf welchen Baum soll ich klettern?«, fragt er Alrik immer wieder.

Alrik zeigt auf verschiedene Bäume und Viggo klettert.

»Guckt mal«, ruft er. »Guckt mal!«

Der Schlossverwalter, Magnars Chef, hat sich vorm Eingang der Ruine mit ihnen verabredet. Er sieht mitgenommen und erschöpft aus. Die Beine seiner Anzughose stecken in ein Paar klobigen Gummistiefeln. Er seufzt und streicht mit einer Hand über den Schlips, als wäre er ein kleines Tier, das getätschelt und getröstet werden muss.

»Ist er hier gefunden worden?«, fragt Magnar mit gedämpfter Stimme.

Die Steinwände der Ruine ragen vor ihnen auf. Ein Dach gibt es schon lange nicht mehr. Alles, was aus Holz war, ist vermodert. Und anstelle eines Fußbodens gibt es einen Grasteppich.

»Ja, hier haben sie ihn gefunden«, murmelt der Schlossverwalter und zeigt auf eine Stelle vor sich, wo das Gras vergilbt und die Erde aufgewühlt ist. Es sind ganz deutlich riesige Pfotenabdrücke zu erkennen und lange, dunkle Haare. Und spitze Steinsplitter.

»Sehen Sie nur die vielen Haare, Magnar«, fährt der Schlossverwalter fort. »Genau wie im Hirschgehege. Das ist doch offensichtlich derselbe Hund gewesen wie dort, oder?«

Magnar brummelt vor sich hin. Bückt sich und hebt eins der langen, dicken Haare auf, die scharf wie eine Rasierklinge und steif wie eine Nadel sind. Dann hebt er ein paar Steinkrümel auf und schüttelt den Kopf.

»Die Polizei ist verständlicherweise in höchster Alarmbereitschaft«, sagt der Schlossverwalter. »Sie haben wohl mehrere besorgte Anrufe bekommen, dass in den letzten Tagen in Mariefred ein herrenloser Hund rumgestreunt ist. Hat einer von euch ihn auch gesehen?«

Viggo schüttelt den Kopf.

Alrik denkt an den mageren Hund in dem Wäldchen bei der Schule, der ihm um ein Haar aus der Hand gefressen hätte. Aber er schüttelt auch den Kopf.

»Wie auch immer«, sagt der Schlossverwalter. »Wir müssen für den Schutz der königlichen Besitztümer sorgen! Sorgen Sie bitte dafür, dass am Eingang des Wildgeheges und beim Schloss große Warnschilder aufgestellt werden, auf denen steht, dass Hunde ausnahmslos an die Leine zu nehmen sind und die Gatter beim Durchgehen ordentlich wieder geschlossen werden müssen. Es ist immens wichtig, dass ...«

Ein dumpfes Grollen lässt den Schlossverwalter verstummen. Alle drehen sich um. Das rhythmische Dröhnen wird lauter.

Auf dem Schotterweg unter ihnen kommt ein gigantisches schwarzes Motorrad angerollt. Die Erde unter ihren Füßen vibriert, als es näherkommt.

»Wowwww!«, ruft Viggo begeistert.

Danach ist außer dem Motorenlärm nichts mehr zu hören, als der Motorradfahrer sein Gefährt über den Grashang zu ihnen hoch lenkt. Viggo und Alrik pressen die Hände auf die Ohren.

Direkt vor ihnen bleibt das Motorrad stehen und der Motor verstummt.

Viggo und Alrik glotzen den Mann beeindruckt an, als er den Helm abnimmt. Er hat einen langen schwarzen Bart, der in einem geflochtenen Zopf vor seiner Brust hängt. Das lange Haar ist ebenfalls zu einem dicken Zopf geflochten.

Der Mann steigt ab und hievt das Motorrad routiniert

auf den Ständer. Er ist der größte Mensch, den Alrik und Viggo je gesehen haben. Er trägt eine schwarze Lederhose und einen langen schwarzen Ledermantel. Seine Augen funkeln unter dichten Wimpern. Seine Kleider und das Motorrad sind von einer dicken Staubschicht bedeckt.

Er kommt auf sie zu.

Der Schlossverwalter sieht aus wie auf einem Schnappschuss vom Bungee Jumping.

»Es ist streng verboten, mit dem Motorrad über die Grasflächen zu fahren!«, ruft er mit sich überschlagender Stimme.

KAPITEL 6

Damir

Der Motorradfahrer überhört den Protest des Schlossverwalters einfach. Er sieht sie forschend an.

Alrik und Viggo starren ihn an. So etwas wie ihn haben sie noch nie gesehen. Und dabei hat ihre Mutter im Laufe der Jahre ziemlich schräge Typen zu Hause angeschleppt. Allein schon die Nase. Plattgedrückt mit riesigen Nasenlöchern mitten in dem staubigen Gesicht.

»Magnar Mimer?«, fragt er mit tiefer Bassstimme.

»Das bin ich«, antwortet Magnar.

»Pax«, sagt der Mann.

Magnar sieht ihn perplex an. Er muss sich ein paar Sekunden sammeln, ehe er antworten kann.

»Pax … Pax Mariae.«

»Omnia mea mecum porto«, sagt der Mann.

Magnar scheint in seinem Gedächtnis zu kramen.

»Tecum porto«, antwortet er schließlich.

Jetzt dreht der Mann sich zum Schlossverwalter um.

»Schhhh!«, zischt er.

Der Schlossverwalter zuckt zusammen, als wäre er mitten aus dem Schlaf gerissen worden.

»Also, da will ich nicht länger stören«, sagt er mit einer leichten Verbeugung, als wäre der Fremde königlicher Abstammung.

Dann macht er auf dem Absatz kehrt und läuft davon. Es sieht ein bisschen albern aus, wenn ein erwachsener Mann im Anzug und mit Gummistiefeln einen Schotterweg hinunterrennt, den Schlips fest umklammert. Als würde er sich selber an der Leine halten.

Der Mann dreht sich wieder zu den Dreien um. Alrik fällt auf, wie geschmeidig seine Bewegungen sind, als befände sich der große Körper in einem langsamen Tanz.

»Ich bin Damir«, sagt er. »Hexenmeister des Kriegerringes der Besitzlosen. Ich bin gekommen, um Rat in der Bibliothek zu suchen.«

Magnar sieht richtig ergriffen aus. »Willkommen«, sagt

er. »Seit ich Wächter der Bibliothek bin, hatten wir nicht einen Besucher dort. Darf ich Alrik und Viggo vorstellen. Sie sind … Sie helfen mir und meiner Schwester mit der Bibliothek.«

»Verstehe«, sagt Damir und nickt den Jungen zu.

Magnar streicht sich durch das weiße Haar. »Ich muss mich für das Durcheinander entschuldigen, wir haben gerade einige Probleme in Mariefred mit … Ehrlich gesagt wissen wir nicht ganz genau, was das Problem ist.«

»Heute Nacht ist hier ein Mann umgebracht worden«, platzt Viggo heraus. »Glaubst du, das war ein Hund, Magnar? Ein tollwütiger Hund, vielleicht?«

Damir bückt sich und wischt mit der Hand über die Erde, schnuppert an seinen Fingern. »Kein Hund«, sagt er kurz. »Jedenfalls kein gewöhnlicher Hund.«

Da piepst Alriks Handy. »Wichtige Mitteilung!«, steht auf dem Display.

KAPITEL 7

Supergeschenk?

Alrik starrt auf das Display. Die wichtige Mitteilung ist von Laylah.

»Es ist ganz schön langweilig, Geburtstag ohne das Geburtstagskind zu feiern. Ich habe Anders gefesselt und in der Vorratskammer eingesperrt, damit er nicht alle Geschenke auspackt. Kommt nach Hause. Umarmung.«

»Wir müssen los«, sagt Alrik und zeigt Viggo die SMS.

Viggo fühlt sich innerlich zerrissen. Eine Hälfte von ihm möchte gerne mit Alrik zu Laylah und Anders gehen, um Alriks Geburtstag zu feiern. Auch wenn er noch kein Geschenk für ihn hat. Das will er morgen besorgen, wenn Mama kommt. Die andere Hälfte möchte mit zu

Estrid und Magnar, um diesen Damir näher kennenzulernen. Was für ein Typ! Was für eine Maschine! Aber was bleibt ihm übrig, Torte essen und Geschenke auspacken geht vor.

Als Alrik und Viggo die Gartentür öffnen, ist es ganz still und menschenleer. Sie öffnen die Haustür und rufen »Hallo« in den Flur, aber es kommt keine Antwort. Wo sind Anders und Laylah?

»Glaubst du, sie hat ihn wirklich in der Vorratskammer gefesselt?«, fragt Viggo.

»Bist du blöd?«, blafft Alrik.

Trotzdem schaut er sicherheitshalber in der Vorratskammer nach. Dort steht ein Spaten, an dessen Griff ein gelber Ballon geknotet ist.

BRING MICH ZUM PLATZEN!, steht darauf.

»Los, mach schon!«, sagt Viggo ungeduldig.

Alrik nimmt die Gartenschere, die an einem Haken an der Wand hängt, und sticht den Ballon kaputt. Es knallt und zwischen den Gummifetzen kommt ein aufgerollter Zettel zutage.

An den höchsten erreichbaren Punkt im Haus, steht darauf.

Alrik und Viggo sehen sich an und sagen gleichzeitig: »Der Dachboden!«

Sie stürzen zurück ins Haus, drängeln nebeneinander die Treppe hoch, reißen die Bodentür auf und klettern die enge Stiege hinauf.

Mitten im Raum steht ein riesiges Paket.

»Mach auf! Mach auf!«, ruft Viggo aufgeregt und hüpft auf und ab wie ein Gummiball.

»Dann hilf mir«, sagt Alrik lachend.

Sie packen das Paket gemeinsam aus. Papier und braunes Klebeband fliegen in alle Richtungen.

In dem Paket ist ein BMX-Rad.

»Boah«, sagt Alrik. »Der Wahnsinn!«

Mit vereinten Kräften bugsieren sie das Rad die Treppen hinunter. Auf der letzten Stufe kommen Laylah und Anders aus ihrem Versteck gesprungen und rufen laut »HURRA!«.

Danach singen sie noch »Hoch soll er leben« und Alrik hält sich die Ohren zu und fleht wimmernd um Gnade. Viggo schreit mehr, als dass er singt.

Laylah hat Lammspieße gemacht, weil Alrik sich gewünscht hat, im Garten zu essen. Eigentlich ist es dafür schon ein bisschen zu kalt, aber hallo, wozu hat man einen Garten mit Gartenmöbeln! Sie decken den Tisch mit Servietten und Papierschlangen.

»Gefällt dir das Rad?«, fragt Laylah, als sie den Grill nach draußen tragen.

»Ihr seid echt verrückt«, sagt Alrik und wirft dem Trickbike einen zärtlichen Blick zu.

»Das heißt übersetzt Danke«, sagt Viggo. »Darf ich es jetzt endlich ausprobieren?«

»Alrik zuerst«, sagt Anders bestimmt und bringt noch drei weitere Pakete nach draußen.

In dem einen ist ein Fahrradschloss, in dem zweiten ein Helm und im dritten ein dicker, grauer Kapuzenpulli.

»Cool«, sagt Viggo und betrachtet den Pulli. Ein großes gelbes Schlüsselloch ist auf der Vorderseite aufgedruckt. »Und jetzt teste endlich das Rad, damit ich …«

Er wird vom aufgeregten Kläffen eines weißen Pelzknäuels unterbrochen, das über den Rasen angetollt kommt.

»Was ist denn das für ein Wirbelwind?«, ruft Viggo begeistert.

Alrik sieht Laylah und Anders an. Soll er etwa einen Hund kriegen? Sie haben doch nicht …

Nein, sie sind genauso verdutzt über den Wuselhund wie Viggo und er.

Alrik geht in die Hocke. »Komm her, Flocke«, sagt er lachend. Und der Hund hört auf den Namen Flocke, jedenfalls springt er Alrik auf den Schoß und schlabbert ihm durchs Gesicht. Im nächsten Augenblick rast er wieder durch den Garten, weil er im Gras vor dem Geräteschuppen einen Tennisball entdeckt hat.

Da geht die Gartentür auf und eine helle Stimme ertönt. »Otto! Hier steckst du also, du Schlingel. Dann habe ich doch richtig gehört.«

Es ist die Schulkrankenschwester Margareta Melander, auch Maggie Migräne genannt, weil an der Tür ihres Behandlungszimmers häufig ein Zettel hängt: »Nach Hause gegangen wg. Migräne«.

Jetzt trippelt sie auf hohen Absätzen in den Garten. Flocke-Otto hüpft fröhlich kläffend um sie herum.

»Ich habe ihn heute Vormittag aus dem Tierheim geholt«, sagt sie. »Und das Erste, was er tut, ist wegzulaufen.«

Sie dreht sich zu Flocke-Otto um und redet mit ihm wie mit einem Baby. »Du Dummerchen! Nicht weglaufen, nein, nein, sonst macht Frauchen sich gaaaanz doll Sorgen.«

Sie dreht sich zu Anders und Laylah um. »Besonders, wo hier doch ein Mörderhund frei herumläuft«, sagt sie und schüttelt sich. »Ihr Jungs seid doch hoffentlich nicht nachts draußen unterwegs, oder? Oh je! Bin ich etwa in eine Geburtstagsfeier geplatzt?«

»Ja«, sagt Anders, »Alrik wird …«

»Oooh nein«, fällt Maggie Migräne ihm ins Wort. »Seht euch das an!«

Otto hockt mit gekrümmtem Rücken auf der Steintreppe vor der Haustür und macht einen Haufen.

»Mein kleiner, tüchtiger Otto, du!«, ruft Maggie Migräne. »Da freut sich Frauchen aber!«

Sie dreht sich zu Anders und Laylah um.

»Er hat den ganzen Tag nämlich noch kein großes Geschäft gemacht!«, sagt sie hinter vorgehaltener Hand.

Sie stakst auf hohen Absätzen zur Treppe und zückt ihr Handy. Und während Anders, Laylah, Viggo und Alrik staunend zugucken, macht sie ein Foto von Flocke-Ottos Würstchen.

Als kurz darauf die Gartentür hinter ihr und Otto zuschlägt, findet Laylah als Erste die Sprache wieder. »Ich glaube, ich träume? Hat dieser kleine Köter gerade einen Haufen auf unsere Treppe gemacht? Und hat Maggie

Migräne das wirklich fotografiert und geht dann einfach?«

Anders, Viggo und Alrik können ihr nicht antworten, weil sie auf dem Rasen liegen und sich vor Lachen ausschütten.

»Anders und Laylah sind echt unfassbar nett«, sagt Viggo, als sie abends die Zähne putzen.

»Wirklich«, sagt Alrik.

Keiner von beiden erwähnt Mama auch nur mit einer Silbe.

Das ist sicher besser so, denkt Alrik. Wenn sie nicht über sie reden, müssen sie sich auch nicht streiten.

»Und, was war das beste Geburtstagsgeschenk? Flockes Besuch? Obwohl er auf die Treppe gehäufelt hat. Ha, ha, Laylahs Gesicht war der Hit...«

Viggo brabbelt weiter.

Alrik kriegt nur die Hälfte mit. Klar, Flockes Besuch war nett. Aber Alriks Gedanken wandern zu dem anderen Hund, der ihm fast aus der Hand gefressen hätte, wenn dieser blöde Simon nicht gekommen wäre...

Alrik dreht den Wasserhahn auf. Er würde es niemals zugeben, aber er ist froh, dass Viggo meistens mit ihm ins

Bad kommt. Irgendwie findet er Badezimmer unheimlich, vielmehr, alles, was mit Wasser zu tun hat. Und das ist im Badezimmer ziemlich viel. Duschen, baden oder das Gesicht waschen findet er schrecklich. Genauso wenig mag er mit dem Kopf unter Wasser tauchen, da kriegt er Panik. Und in einem Badezimmer gibt es entsetzlich viele Wasserquellen: die Badewanne, das Handwaschbecken, die Dusche … und die Toilette.

Alrik beugt sich über das Handwaschbecken. Schwappt sich mit den Händen Wasser ins Gesicht.

Es kommt wie aus heiterem Himmel über ihn. Zuerst der Rauchgeruch. Kein Brandgeruch, sondern Zigarettenrauch. Dann verschwinden alle Geräusche. Viggos Gebrabbel ist nur noch ein unverständliches Gemurmel, das irgendwann ganz verebbt.

Das Rauschen in seinem Kopf steigert sich bis zum Sturm. Er hört eine Mädchenstimme rufen, versteht aber nicht, was sie sagt.

Und dann steigt ihm ein beißender, strenger Geruch in die Nase. Nach feuchter Erde und rohem Fleisch. Und der Sturm wird zu einem Brüllen. Und das Brüllen kommt aus einem riesigen Schlund, zwischen dessen scharfen Reißzähnen Fleischfetzen hängen.

»Alrik! Was ist los mit dir?« Viggo rüttelt an seinem Arm.

»Was? Was?«, stammelt Alrik.

Er sitzt auf dem Badewannenrand. Wasser tropft von seinem Kopf auf den neuen grauen Pulli. Viggo dreht den Wasserhahn ab.

»Du hast den Kopf unter den Wasserhahn gesteckt und es sah aus, als müsstest du kämpfen, um wieder hochzukommen. Als ob dich jemand runtergedrückt hätte. Das war schrecklich.«

»Alles in Ordnung«, sagt Alrik. »Es ist … nichts.«

Aber das ist nicht wahr. Das war eine Warnung. Dass jemand in Gefahr ist.

KAPITEL 8

Ein Scherz

Viggo und Alrik schlafen. Gar nicht weit entfernt sitzt ein vierzehnjähriges Mädchen auf ihrem Bett. Sie hat gerade eine SMS an ihren Freund geschrieben, kann sich aber nicht entscheiden, ob sie sie abschicken soll oder nicht.

»Warum machst du das?«, hat sie geschrieben. »Sobald deine Freunde in der Nähe sind, tust du, als wäre ich Luft.«

Sie drückt auf Senden und bereut es im selben Augenblick. Sie sollte ihn einfach links liegenlassen.

Sie und ihr Freund haben jeder eine Halskette und einen Anhänger mit dem Namen des anderen. Letzte Woche hat er seine Kette plötzlich nicht mehr umgehabt.

Als sie ihn darauf angesprochen hat, meinte er ausweichend, er hätte die Kette wohl zu Hause im Bad vergessen oder vorm Training irgendwo hingelegt. Diese dummen Ausreden tun ihr weh.

Nach einer Weile piepst ihr Handy. Ihr Herz macht einen Hüpfer. Er hat geantwortet.

»Treffen bei der Ruine?«, schreibt er.

»Bist du verrückt?«, antwortet sie.

Im Dunkeln bei der Ruine. Da, wo der Mann getötet wurde.

»Feige?«, kommt prompt die Gegenfrage. »Bin schon da.«

Und da klettert das Mädchen aus dem Fenster. Es ist dunkel draußen. Der Wind zerrt an den Ästen der Bäume. Sie schleicht zu ihrem Fahrrad, sieht ihre Eltern im Wohnzimmer auf dem Sofa sitzen und irgendeinen Film gucken. Sie fährt so schnell sie kann. Oh Mist, ihr ist gar nicht wohl. Aber dass er bei der Ruine auf sie wartet, lindert die Angst ein bisschen.

Auf dem Grashang, der zur Ruine hochführt, tritt sie kräftig in die Pedale, weil sie sich nicht traut, anzuhalten und das Rad zu schieben.

»Hallo!«, ruft sie, aber nicht zu laut.

Ihr ist schrecklich mulmig zumute, als sie seinen Namen ruft. Versteckt er sich? Das ist echt nicht lustig.

»Hallo? Wo bist du?«

Und was ist das für ein Gestank? Es riecht nach feuchter Erde und irgendwas anderem, ein strenger, beißender Geruch.

Sie nimmt eine Zigarette aus der Schachtel und zündet sie an. Meine Güte, hat sie einen Bammel. Und nervös ist sie obendrein. Manchmal beruhigt es sie zu rauchen.

Da klingelt ihr Handy. Er ist es. Er kriegt sich gar nicht wieder ein, als er hört, dass sie bei der Ruine ist. Im Hintergrund hört sie seine Kumpel lachen.

»Wir haben gewettet«, sagt er lachend. »Ich hätte nie gedacht, dass du dich traust, dahin zu fahren.«

»Du Arsch!«, schreit sie.

Er entschuldigt sich nicht. »Was hast du denn? Verstehst du keinen Spaß? Mann, bist du öde.«

Sie drückt das Gespräch weg.

Jetzt nicht weinen, redet sie auf sich ein. Ich fahre jetzt nach Hause. Und ich werde nicht weinen. Sie steckt die Zigarette in den Mund und fummelt an dem Kettenverschluss herum. Sie will seinen Namen nicht mehr um den Hals tragen. Nie mehr. Als sie den Verschluss endlich auf hat, wirft sie die Kette ins Gras.

Da hört sie in den Büschen am Waldrand ein Geräusch. Im ersten Moment glaubt sie, dass das er und seine Freunde sind, die ihr Angst einjagen wollen.

Das klingt, als würde jemand Steine auf die Erde werfen. Was machen die da?

Im nächsten Augenblick wird ihr klar, dass das da drüben keine Jungs sind. Sie geht ein paar Schritte rückwärts. Denkt, dass sie loslaufen sollte, so schnell sie nur kann. Aber ihre Beine gehorchen ihr nicht.

Sie lässt die Zigarette fallen.

Und da kommt das Biest auf sie zu geschossen.

KAPITEL 9

Ich komme zurück

Am Samstagmorgen fährt Alrik schweißgebadet mit einem Ruck aus dem Schlaf hoch. Das Laken hat sich zu einer Stoffwurst zusammengeknüllt, weil er sich in seinen wirren Träumen die ganze Nacht im Bett hin und her gewälzt hat. Was war das eigentlich gestern Abend im Badezimmer? Und wer ist dieser Damir? Oder was hat es mit dem Hund auf sich, den er gestern am Waldrand gesehen hat? Im nächsten Augenblick schiebt sich der Gedanke in den Vordergrund, dass heute ihre Mutter kommen will.

Er braucht gar nicht zu versuchen, wieder einzuschlafen, das ist zwecklos. Aber das macht nichts, weil er nämlich was erledigen muss. Er schleicht runter in die Küche und bereitet ein paar Dinge vor. Ganz leise, damit die anderen nicht wach werden. Dann schließt er leise die Haustür hinter sich und macht sich auf seinem neuen BMX-Rad auf den Weg. Die Straßen sind leergefegt, aber es ist schon hell. Ein Werwolf, oder was für ein Untier auch immer gerade im Ort sein Unwesen treibt, ist nur nachts unterwegs. Trotzdem hält er vorsorglich Augen und Ohren offen.

Am Wäldchen hinter der Schule angekommen, hält er nach dem menschenscheuen Hund Ausschau, kann ihn aber nirgends entdecken.

Er geht zu der Mulde, in der der Hund gestern geschlafen hat. Das Gras ist platt gedrückt. Alrik legt seine Hand darauf. Die Erde fühlt sich warm an, als hätte gerade noch jemand dort gelegen.

Er nimmt den Rucksack ab und nimmt ein Schinkenbrot und eine Schale heraus, die er mit Wasser aus einer Flasche füllt. Dann setzt er sich an einen Baumstamm und wartet. Wenn der Hund herrenlos ist, ist er bestimmt hungrig und durstig. Er hat das Brot auf sein Knie gelegt und lockt den Hund mit leiser, sanfter Stimme an. »Na komm. Jetzt komm schon«, sagt er immer wieder.

Da raschelt es im Gestrüpp. Und da ist der Streuner. Er steht da und sieht Alrik an.

Kann ich dir trauen?, scheint er zu fragen.

»Ja, das kannst du«, flüstert Alrik. »Trink was. Das ist für dich.«

Er plätschert mit den Fingern im Wasser. Der Hund kommt vorsichtig näher. Sieht ihn die ganze Zeit wachsam an. Ein paar Meter entfernt bleibt er stehen.

Alrik hält ihm das Butterbrot hin. Er möchte, dass der Hund aus seiner Hand frisst. Beim letzten Mal war es so knapp davor.

»Bitteschön. Das Brot ist für dich. Ich weiß doch, dass du Hunger hast. Bitte«, sagt er.

Der Hund wartet ab. Alrik wartet geduldig.

Wahrscheinlich ist das ein Mischling. Etwa so groß wie ein Schäferhund, aber viel magerer. Mit dem einen bis auf die obere Spitze hochstehenden und dem anderen runterhängenden Ohr sieht er total süß aus. Ansonsten ist der Hund ziemlich verwahrlost.

Der Hund macht ein paar vorsichtige Schritte auf Alrik zu, schnappt das Brot aus seiner Hand, läuft schnell ein Stück weg und schlingt es in einem Haps herunter.

Dann kommt er zurück und schlabbert gierig Wasser aus der Schale. Alrik traut sich kaum zu atmen.

Der Hund hebt den Kopf und schüttelt sich, dass die

Ohren an den Kopf klatschen. Dann leckt er sich die Schnauze.

»Schmeckt's?«, flüstert Alrik.

Der Hund leckt sich noch einmal die Schnauze. Danke!, scheint er zu sagen. Dann dreht er sich um und läuft weg.

»Ich komme zurück«, sagt Alrik mehr zu sich selbst als zum Hund. »Versprochen. Du kannst mir vertrauen.«

Als er wieder unter seine Bettdecke kriecht, hat er ein ganz warmes Gefühl in der Brust. Was für ein Wahnsinn, der Streuner hat ihm tatsächlich aus der Hand gefressen.

Und hoffentlich kommt Mama heute wirklich, denkt er, ehe er wieder einschläft. Wenigstens für Viggo.

KAPITEL 10

Heute kommt Mama!

»Wach auf! Mama kann jeden Moment kommen!«

Viggo rüttelt den verschlafenen Alrik am Arm. Er ist schon angezogen, hat zur Feier des Tages sein Lieblings-T-Shirt rausgesucht, das Mama ihm gekauft hat. Alrik streckt sich und gähnt, folgt mit einem Auge seinem kleinen Bruder, der wie aufgezogen durchs Zimmer hüpft.

»Bist du denn gar nicht neugierig auf die Überraschung?«, fragt Viggo.

Jetzt steht er vorm Spiegel und stylt seine Haare. Er steckt die Finger in eine Dose mit Haarwachs und zupft an seinem Pony herum, damit er wie Igelstacheln absteht.

»Am Tollsten wär ja, wenn sie mit uns nach Gröna Lund fährt«, redet Viggo weiter. »Das wäre … wow! Dann fahr ich Freifallturm. Und Geisterbahn.«

Alrik setzt sich im Bett auf und reibt sich die Augen. Er schaut auf die Uhr. Es ist zehn nach neun. Er denkt an den Hund, der ihm aus der Hand gefressen hat! Ist das wirklich erst zwei Stunden her?

Als Viggo mit seiner Frisur zufrieden ist, wischt er sich die schmierigen Finger an der Hose ab.

»Jetzt komm schon!«

Anders hat zum Frühstück amerikanische Pfannkuchen gemacht. Er ist ungewöhnlich ruhig und ernst. Bei der Ruine wurde letzte Nacht ein Mädchen angegriffen, erzählt er.

Viggo und Alrik fragen nach, aber Anders kann ihnen nicht viel mehr sagen. Sie ertränken die Pfannkuchen in Ahornsirup. Das ist superlecker. Nach dem Frühstück üben sie ein bisschen mit dem Trickrad vor dem Garten. Viggo will in der Nähe des Hauses bleiben, damit sie gleich sehen, wenn Mama kommt. Sie balancieren auf dem Hinterrad und springen über ein paar Bretter, die sie als Hindernis ausgelegt haben. Dann balancieren sie auf einem Brett, stellen sich auf die Pegs am Vorderrad und versuchen, den Rahmen einmal im Kreis zu drehen. Das klappt natürlich überhaupt nicht, aber es macht einen Riesenspaß.

Nach einer Weile öffnet Laylah das Küchenfenster und ruft sie zum Essen rein. Viggo wählt Mamas Nummer, aber sie geht nicht ran. »Der Gesprächsteilnehmer ist zurzeit leider nicht erreichbar«, sagt eine künstliche Stimme.

»Bestimmt ist sie unterwegs und gerade in einem Funkloch«, sagt er zu Anders und Laylah.

Alrik sagt nichts.

»Um die Wartezeit ein bisschen zu verkürzen, könnt ihr doch zum Schiffsanleger fahren und zugucken, wie das alte Dampfschiff aus Stockholm anlegt«, schlägt Anders vor. »Außerdem ist heute Herbstmarkt, ich geb eine Runde Samstags-Süßigkeiten aus.«

»Bringt mir ein paar Himbeer-Lakritz-Totenköpfe mit«, sagt Laylah.

Viggo strahlt. »Jaaa! Vielleicht kommt Mama ja mit dem Dampfschiff nach Mariefred.«

Sie machen sich auf den Weg. Alrik fährt und Viggo steht auf den Hinterrad-Pegs und hält sich mit den Händen an Alriks Schultern fest. Laylah und Anders haben versprochen, sich auf dem Handy zu melden, sobald sie was von Mama gehört haben.

Als sie durch die Klostergatan fahren, sehen sie Magnar, Estrid und Damir im Garten. Sie stehen vor der frisch gepflanzten Rose und sehen aus, als wenn sie Geheimnisse austauschen.

Die Jungen winken. »Heute kommt Mama uns besuchen!«, ruft Viggo. »Alrik hat Geburtstag!«

Estrid und Magnar winken zurück. Damir winkt gar nicht. Er funkelt sie mit seinen schwarzen Augen an und Alrik läuft ein kalter Schauer über den Rücken.

Da tönt die Pfeife des Dampfschiffes über die Gripsholmbucht. Wenn das Signal ertönt, wissen alle Bewohner von Mariefred, dass es halb zwei ist. Alrik und Viggo schaffen es gerade noch, im Kiosk die Süßigkeiten zu kaufen, ehe das Dampfschiff anlegt. Sie sehen zu, wie die Touristen von Bord strömen, und futtern den Süßkram. Die meisten Leute sehen gut gelaunt aus. Es dauert eine Weile, bis alle an Land sind.

Mama ist nicht dabei.

Viggo versucht noch einmal, sie zu erreichen. Keine Antwort. Er spricht auf ihre Mailbox und fragt, wann sie kommt und dass sie sich so schnell wie möglich melden soll.

Die nächste halbe Stunde sind sie mit dem Versuch beschäftigt, auf den Bahnschienen zu fahren, die vom Anleger zum Museumsbahnhof führen. Das ist gar nicht so einfach, klappt aber mit jedem Versuch besser.

»Vielleicht kommt sie ja mit dem Zug«, sagt Viggo. »Da ist oft kein Empfang. Bestimmt antwortet sie deshalb nicht.«

Alrik zuckt mit den Schultern.

»Komm, wir gucken, ob sie in einem der Dampfzüge dabei ist«, sagt Viggo.

Sie stehen auf dem Bahnsteig und sehen ein paar Dampfzüge ein- und wieder abfahren. Überall um sie herum sind Familien mit Kindern und Hunden, Lokführer und Schaffner in historischen Uniformen.

Aber keine Mama weit und breit.

Sie fahren weiter und stoppen abwechselnd die Zeit, wie lange sie einmal um das Schloss herum brauchen. Der Kies spritzt unter den Reifen hoch und sie fangen richtig an zu schwitzen. Irgendwann kommt ein Aufseher und verscheucht sie, weil sie die Parkwege kaputt machen, wie er meint. Da gehen sie zum Spielplatz im

Lottenlundpark und verscheuchen ihrerseits ein paar jüngere Kinder. Sie wetteifern, wer am weitesten von der Schaukel springen kann. Alrik gewinnt, aber Viggo behauptet, dass er ihn nur gewinnen lässt, weil heute sein Geburtstag ist.

Endlich klingelt Viggos Handy. Aber es ist nur Anders, der wissen will, wo sie stecken und ob sie nicht langsam zum Essen nach Hause kommen wollen.

Sie fahren gemächlich durch die Stadt nach Hause.

»Vielleicht ist ihr was passiert«, meint Viggo, der wieder hinter Alrik auf dem Fahrrad steht. »Was, wenn sie einen Unfall hatte?«

Laylah und Anders geben sich alle Mühe, die Stimmung aufzuheitern, in dem sie alle möglichen Geschichten erzählen. Viggo sitzt stumm auf seinem Platz und stochert im Essen herum. Alrik isst ein paar Happen, ist ansonsten aber auch nicht sehr redselig. Zwischendurch schielt er zu Viggo rüber.

Da klingelt plötzlich Alriks Handy. Er wirft einen Blick aufs Display und hält das Gerät so, dass Viggo es auch sehen kann. Dort steht »Mama«. Viggo strahlt. Endlich!

KAPITEL 11

Echte Gefahr

Damir ist mit Estrid und Magnar in der Bibliothek.

»Die Zeit pulsiert und die Dunkelheit zieht ein«, sagt er, »und ihr lasst die beiden Geburtstag feiern.«

»Wenn man zwölf Jahre alt wird, sollte man doch …«, setzt Magnar an.

»Der Schutz der Bibliothek ist geschwächt«, schneidet Damir ihm das Wort ab. »Seht doch nur, wie der Putz von der Decke bröckelt. Der erste Angriff oben bei der Ruine hat Donnerstagnacht stattgefunden, sagtet ihr? Donnerstage sind die Krafttage der Hexen. Wenn ihr Pech habt, habt ihr eine Schwarzhexe am Hals, die die Bibliothek übernehmen will. Holt die Jungen her. Wir müssen sofort mit der Ausbildung beginnen! Wartet, eins noch …«

»Ja?«

»Sie schweben in Lebensgefahr. Und das sollten sie wissen.«

KAPITEL 12

Happy Birthday

Alrik hält Viggo das Handy hin. »Mama« steht auf dem Display. Viggo lacht.

Alrik antwortet.

»Hallo, Alrik hier!«

»Hipp, hipp, hurra für meinen Zwölfjährigen!«, ruft Mama am anderen Ende. »Mein großer Junge! Happy Birthday!«

»Danke!«

Alle am Küchentisch machen große Ohren.

»Hast du schöne Geschenke bekommen?«

»Ein BMX-Rad von Laylah und Anders.«

»Ein neues?«

»Ja.«

»Ach. Dabei gibt es doch so viele gute gebrauchte Räder. Was für eine Verschwendung«, schnauft sie. »Sonst noch was?«

Alrik steht auf und geht raus in den Garten. Er will nicht, dass Viggo mithört. Die anderen beobachten ihn durchs Fenster.

»Warum bist du nicht gekommen?«, fragt er. »Du hast es doch versprochen. Viggo hat den ganzen Tag auf dich gewartet.«

»Ja, ich weiß. Tut mir leid, Alrik. Aber ich habe mir über Nacht den Magen verdorben, musste mich den ganzen Tag übergeben. Da hab ich mir wohl irgendeinen Virus eingefangen.«

»Schade«, sagt er und denkt, dass sie lügt.

»Na ja, und ich wollte euch natürlich nicht anstecken.«

»Nee, schon klar«, sagt Alrik.

Wahrscheinlich hast du wieder die ganze Nacht gesoffen und den Tag verpennt, denkt er. Das wird's sein.

»Ich komme, sobald ich wieder auf dem Damm bin. Versprochen!«

»Okay«, sagt er.

Du bist immer noch betrunken, denkt er.

Das hört er an ihrer schleppenden Stimme.

»Ich hab eine ganz tolle Überraschung für dich.«

»Mmh ...«

»Aber vielleicht findest du sie gar nicht mehr so toll, nachdem Laylah und Anders dich so verwöhnen.«

»Bestimmt finde ich sie toll«, sagt er.

Es ist einen Moment still. Anstrengend still.

»Dann machen wir es so, Großer.«

Mama klingt als ob sie weint, versucht aber, es zu verbergen.

Alrik dreht sich mit dem Rücken zum Haus. Sein Hals schnürt sich zu, er kann kaum schlucken, weil er gegen die Tränen ankämpfen muss. Er will nicht, dass Viggo ihn so sieht.

»Okay«, sagt er.

»Einen schönen Geburtstag noch«, sagt Mama und räuspert sich. »Mach's gut.«

Alrik verabschiedet sich und drückt das Gespräch weg, ehe er wieder zu den anderen reingeht.

»Sie hat sich den Magen verdorben«, sagt er und versucht zu lachen. »Sie kommt ein andermal, wenn's ihr wieder besser geht. Ich soll euch alle herzlich grüßen. Besonders natürlich dich, Viggo!«

»Wollte sie gar nicht mit mir sprechen?«, fragt Viggo.

»Nein, ihr ist immer noch so schlecht. Sie hat den ganzen Tag gebrochen.«

Laylah und Anders sehen sich über den Tisch an.

Dann klatscht Anders flache Hand auf den Tisch, dass Teller, Gläser und Bestecke klirren.

»Wer will den Rest von Laylahs oberleckeren Nuss-Schnitten essen?«

»Ich hol sie«, sagt Laylah und geht zum Kühlschrank.

Als sie an Alrik vorbeikommt, legt sie ganz leicht ihre Hand auf seine Schulter. Er zuckt zurück. Er will nicht, dass ihn jemand anfasst. Nicht in diesem Moment.

Als die Nuss-Schnitten auf dem Tisch stehen, klopft Estrid an die Tür. Sie bleibt auf der Schwelle zur Küche stehen und sieht sie ernst an, zuerst die Jungen, dann Laylah und Anders.

»Habt ihr schön gefeiert?«, fragt sie.

Sie sieht ganz schön alt aus, wie sie sich da am Türrahmen abstützt, denkt Alrik. Estrid räuspert sich.

»Magnar und ich könnten gut eure Hilfe gebrauchen … Wir wollen einen Johannisbeerstrauch ausgraben und verpflanzen. Darf ich euch die beiden Jungen entführen?«

KAPITEL 13

Erkenne deinen Gegner

Viggo durfte das BMX-Rad leihen. Er übt, damit auf Parkbänke und Bordsteinkanten zu springen.

»Alle mal hergucken!«, ruft er. »Guckt mal, was ich kann!«

Alrik schlendert neben Estrid her. Sie unterhalten sich über das Mädchen, das bei der Ruine überfallen worden ist.

»Sie ist übel zugerichtet«, sagt Estrid. »Es ist ein Wunder, dass sie überlebt hat. Sie sagt, sie wäre von einem Monsterhund angefallen worden. In der Stadt sind alle davon überzeugt, dass das nur der herrenlose Streuner gewesen sein kann. Sie wollen ihn fangen und einschläfern lassen. Aber wir wissen es besser. Das war kein gewöhnlicher Hund.«

Sie sind bei Magnars und Estrids Haus angelangt. Die Sonne scheint. Vor ihnen glitzert der Mälarsee. Die Kirche auf dem Hügel leuchtet weiß.

So würde man im Traum nicht darauf kommen, dass unter dieser Puppenhaus-Idylle eine geheime Bibliothek verborgen liegt, denkt Alrik.

»Komm, Viggo!«, ruft er.

»Warte, ich will nur noch ...«, ruft Viggo zurück.

Er verstummt, weil er sich darauf konzentrieren muss, die Stufen zur Kirche hoch zu hüpfen. Alriks neuer Kapuzenpullover, der um den Lenker gewickelt ist, flattert bei jedem Sprung wie eine Fahne.

»Wir warten nicht«, sagt Alrik zu Estrid. »Er weiß ja, wo er uns findet.«

Er dreht sich um.

»Und vergiss nicht, das Rad abzuschließen«, ruft er Viggo zu.

Alrik und Estrid gehen runter in den Vorratskeller. Sie öffnen die Geheimtür, die mit Einmachgläsern als Vorratsregal getarnt ist. Danach steigen sie die dreizehn Stufen hinab und folgen dem schmalen Gang bis zur Bibliothek.

»Du, Estrid«, sagt Alrik. »Was ist eigentlich, wenn ein Fremder die Geheimtür entdeckt?«

»Die Bibliothek wird von vielen Beschwörungsformeln geschützt«, sagt Estrid. »Dort kommt man nur hinein, wenn Magnar oder ich es erlauben. Ich werde dir bei Gelegenheit zeigen, wie es funktioniert.«

Und noch funktioniert es glücklicherweise, denkt sie, aber das sagt sie nicht laut.

Viggo macht einen letzten Sprung mit dem Rad.

Es ist ein irres Gefühl, solche Tricks zu machen, die so schwierig sind, dass man damit rechnen muss zu stürzen. Wenn die Angst im Bauch flattert, aber man es trotzdem schafft, weil man einfach gut ist.

Er sieht Estrid und Alrik im Haus verschwinden und fährt eilig hinter ihnen her. Er lehnt das Trickrad ordentlich gegen den Zaun, statt es einfach auf den Rasen fallen zu lassen, weil Alrik das bestimmt nicht gut fände.

Und dann rennt er los. In seiner einen Hosentasche klirrt das Fahrradschloss. Aber das dringt nicht zu Viggos Gehirn durch. Er kann nur daran denken, ob er es wohl schafft, Estrid und Alrik einzuholen, ehe sie die Bibliothek erreicht haben?

Als Estrid und Alrik die Tür zur Bibliothek öffnen, ist Damir schon dort und erwartet sie. Magnar sitzt auf einem Stuhl im hinteren Teil des Raumes. Alle Petroleumlampen brennen und auf dem großen Steintisch liegen mehrere aufgeschlagene Bücher.

»Wo ist dein Bruder?«, fragt Damir streng.

In dem Augenblick kommt Viggo aus dem dunklen Gang in die Bibliothek gestürmt.

»Boh!«, ruft Viggo aufgekratzt. »Ich musste noch nicht mal die Taschenlampe anmachen. Ich bin einfach so durch die Dunkelheit hinter euch her gerannt und hab mich wie eine Fledermaus sozusagen an den Wänden orientiert.«

»Schhh!«, ermahnt Alrik seinen kleinen Bruder.

»Setzt euch!«, kommandiert Damir. »In Mariefred treibt ein Teufelshund sein Unwesen. Ich möchte, dass ihr alles über Werwölfe und anderes hundeähnliches Getier lest, was die Bibliothek zu bieten hat.«

Er zeigt mit einer ausladenden Geste zu den Büchern auf dem Steintisch.

Viggo beäugt die Bücher skeptisch, lauter alte, handgeschriebene Schinken mit einer Schrift, die keiner lesen kann. Dafür gibt es in manchen echt heftige Bilder.

Von zottigen Wesen auf zwei oder vier Beinen. Mit Reißzähnen und langen Krallen. Die sehen nicht gerade wie knuddelige Schoßhunde aus.

Die Bilder sind okay, aber Viggo hasst Lesen. Kaum hat er einen Satz gelesen, hat er ihn auch schon wieder vergessen. Irgendwann kapiert er gar nichts mehr.

»Warum müssen wir unbedingt lesen?«, nörgelt er.

»*Wenn du deinen Feind kennst und dich selbst kennst, brauchst du das Ergebnis von hundert Schlachten nicht zu fürchten*«, antwortet Damir mit sanfter, tiefer Stimme. Alrik kann sich nicht entscheiden, ob ihn das schläfrig macht oder hellwach. Er fröstelt. Mist, er hätte seinen neuen Kapuzenpulli mit in den Keller nehmen sollen.

»Das ist ein Lehrsatz des alten Meisters Sun Tzu«, fährt Damir fort und zieht ein kleines Büchlein mit einem roten Umschlag aus der Innentasche seiner Jacke. »Ich trage sein Buch, *Die Kunst des Krieges,* immer bei mir.«

»Was für Rat suchst du eigentlich hier in der Bibliothek?«, will Viggo wissen.

»Zu Drachen.«

Viggo kann sich das Lachen kaum verkneifen, reißt sich aber zusammen. Irgendwie hat er das Gefühl, dass es besser ist, nicht über Damir zu lachen. Trotzdem: Drachen! Die gibt's doch wohl nur in Märchenbüchern.

»Nein, da täuschst du dich«, sagt Damir, als hätte er Viggos Gedanken gelesen. »Auch wenn es nicht mehr sehr viele von ihnen gibt. Mein Drachen lebt in einem wassergefüllten Höhlensystem. Ich habe noch nie gegen einen Wasserdrachen gekämpft ... Aber genug davon. Ihr sollt euch so viel Wissen wie möglich über eure Gegner anlesen. Und ich über meine.«

Magnar dreht eine Sanduhr um, die in der Mitte des Steintisches steht.

»Lest eine Stunde«, sagt er. »Unterdessen helfe ich Estrid, einen Hexenkittel in eurem Garten zu vergraben. Drückt die Daumen, dass Anders und Laylah ihren Fernseher laut gestellt haben.«

»Ich hasse Bücher«, murmelt Viggo. »Besonders, wenn sie nach Schimmel riechen!«

KAPITEL 14

Warzen am Po

Magnar und Estrid lassen Viggo und Alrik mit all den Büchern alleine. Damir hat sich zum Lesen in den anderen Raum zurückgezogen. Es ist ganz still.

Alrik kämpft mit den schnörkeligen und altmodischen Buchstaben. Am Anfang kapiert er überhaupt nicht, was dort steht, aber nach und nach liest er sich ein. In dem Buch geht es um Gestaltwandler. Das sind Menschen, die sich zum Beispiel in Wölfe verwandeln. Bei manchen geschieht die Verwandlung freiwillig, einige werden verhext. Wenn sie ihre Menschengestalt einnehmen, sagt man, sie sind im Menschenhafen, wenn sie Wölfe sind, im Wolfshafen.

Im nächsten Buch liest er etwas über Werwölfe. Werwölfe verwandeln sich bei Mondschein. Und ein Mensch, der von einem Werwolf gebissen oder verletzt wird und überlebt, wird selber ein Werwolf.

Alrik schwirrt der Kopf von all den neuen Begriffen. Die Wesen, die zwischen Mensch und Wolf oder Werwolf hin und her wechseln, nennen sich Lykanthropen. Und dann gibt es noch verschiedene Formen von Teufelshunden.

Und es gibt jede Menge Methoden, um gegen sie vorzugehen. Einen Werwolf kann man mit einer Silberkugel erschießen. Eine Person, die gegen ihren freien Willen im Wolfshafen gelandet ist, muss man mit ihrem oder seinem richtigen Namen anrufen. Alrik liest weiter, bis ihm der Kopf raucht.

Man muss seine Gegner und sich selbst kennen, um sie besiegen zu können, hat dieser Sun Tzu gesagt. Aber woher sollen sie wissen, wer der Gegner ist? Es gibt so unendlich viele Wesen, die auf unterschiedliche Weise überwunden werden müssen.

Viggo schielt zu der Sanduhr. Wie langsam rinnt dieser blöde Sand eigentlich? Ob das schneller geht, wenn man oben ans Glas klopft? Er versucht, einen Satz zu lesen. Dann gibt er auf. Er blättert in zwei anderen Büchern und sieht sich die Bilder an. Auf einem verwandelt sich gerade ein Mann in einen Werwolf, indem er durch eine Schlinge steigt, die wie ein großer Gürtel aussieht. Das wiederholt er drei Mal. Beim ersten Mal wächst ihm ein Fell. Beim zweiten Mal kriegt er einen Wolfskopf. Beim dritten Steigen durch die Schlinge kriegt er vier Raubtierbeine mit Pfoten und langen Krallen und einen Schwanz. Auf der nächsten Seite klettert er dreimal rückwärts durch die Schlinge, um sich wieder in einen Menschen zurück zu verwandeln.

Oh Mann, vergeht die Zeit langsam. Kann man vor Langeweile sterben?

Er beginnt, über den Drachen zu fantasieren, von dem Damir erzählt hat. Wie der wohl aussieht. Er schließt die Augen. Ein im Wasser lebender Drachen. So einer wäre klasse in einem Computerspiel. Mit doppelreihigen Haizähnen und einem langen weißen, schlangenartigen Körper. Dazu dann ein paar unter Wasser funktionierende Waffen, die man von einem früheren Level mitgebracht hat.

»Eine Stunde ist verronnen«, meldet Damir sich plötzlich. »Wissen sucht Wissen. Steht auf!«

Viggo zuckt zusammen. Oh je, er muss eingeschlafen sein. Er wischt sich ein bisschen Spucke aus dem Mundwinkel. Der Sand in der Sanduhr ist durchgelaufen. Er und Alrik sehen sich an. Spricht Damir mit ihnen?

Sie stehen sicherheitshalber auf. Damir kommt aus dem Nebenraum und stellt sich vor die Buchregale der einen Wand. Er vollführt eine Geste mit der Hand, die wohl heißen soll, dass sie nähertreten sollen.

»Wissen sucht Wissen« wiederholt Damir mit seiner dunklen Stimme. »In der geheimen Bibliothek suchen die Bücher einander.«

Viggo sieht Alrik an. Wovon redet Damir? Alriks Augen sind halb zugeglitten, er sieht schläfrig aus. Damirs Stimme scheint ihn komplett zu hypnotisieren.

»Streckt eure Arme aus«, sagte Damir. »Geht an den Regalen entlang und spürt und horcht in euch hinein. Wenn ein Buch von euch herausgenommen werden möchte, nehmt es. Schlagt es auf der Seite auf, auf der es aufgeschlagen werden will.«

Viggo und Alrik tun, was Damir sagt.

»Entschuldigung«, sagt Viggo. »Aber ich spüre nicht die Bohne. Echt nicht. Du, Alrik?«

Alrik antwortet nicht. Er ist vor einem der Regale ste-

hengeblieben und streckt sich nach einem Buch aus. Einem sehr dicken und schweren Buch ohne Einband. Man kann sehen, wie die Seiten am Buchrücken zusammengenäht sind. Alrik legt das Buch mit einem dumpfen Schlag auf den Steintisch.

Viggo dreht eine Runde durch die Bibliothek. Und noch eine Runde. Am Ende zieht er irgendein Buch aus dem Regal, das schön dünn aussieht. Für den Fall, dass Damir sie zwingt, es zu lesen.

Alrik hat das dicke Buch aufgeschlagen.

»Da steht eine Art Rezept«, sagt er.

»Was?« Viggo lacht. »Für einen Kuchen, oder was?«

»Nein, für einen Strick… Was steht da… Gleipnerstrick. Wenn man einen Gleipnerstrick um den Hals eines Wesens schlingt, das sich beispielsweise im Wolfshafen befindet, wird es zurück in einen Menschen verwandelt.«

»Hä?«, unterbricht Viggo ihn. »Wolfshafen? Was heißt das denn?«

»Dass jemand seine Gestalt gewechselt hat, mit oder gegen seinen Willen. Vom Menschen zum Werwolf, zum Beispiel. Hast du denn gar nichts gelesen?«, fragt Alrik streng.

»Doch, klar«, kontert Viggo sauer.

»Da steht weiter, dass ein Teufelshund, wenn man ihm den Gleipnerstrick um den Hals schlingt, lammfromm wird«, referiert Alrik weiter.

»Fromm?«, fragt Viggo.

»Ganz brav«, antwortet Alrik und liest laut aus dem Buch vor.

»*Der Gleipnerstrick ist gedreht aus Dingen, die nicht zu sehen und nicht zu hören sind. Dem Laut von Katzenpfoten. Bärensehnen. Frauenbärten. Bergwurzeln. Fischatem. Vogelspucke.* Und er soll dünn wie Seide sein und man muss eine Beschwörungsformel dazu aufsagen …«

»Verstehe«, sagt Damir. »Das heißt wohl, dass ihr einen Gleipnerstrick anfertigen sollt. So will es die Bibliothek.«

»So ein Quatsch!«, platzt Viggo heraus. »Das geht doch gar nicht. Wie soll man denn aus dem Laut von Katzenpfoten einen Strick machen?«

»Ja, wie soll das gehen?«, fragt Alrik.

Damir zuckt mit den Schultern.

»Meister Sun Tzu sagt: *Der kluge Krieger weiß, wann er kämpfen muss und wann nicht.*«

Jetzt reicht es Viggo aber langsam. »Hallo? Meister Schnött-und-Schnus Blablabla – das versteht doch kein Mensch!«

»In diesem speziellen Fall heißt das, dass ihr euren Kampf kämpfen müsst und ich meinen. Wenn ihr zu viel an meinen Drachen denkt, verliert ihr euren Kampf. Und wenn ich mich eurem Biest widme, verliere ich meinen.«

Viggo ist baff. Kann Damir in seinen Kopf schauen und hat dort gesehen, dass er über den Drachen fantasiert hat, bevor er eingenickt ist?

»Was hast du für ein Buch genommen?«, fragt Alrik.

Viggo dreht es um.

»Kräutermedizin und Heilpflanzen«, liest er von dem Buchdeckel ab.

Na, das klingt ja irre spannend, denkt Viggo. Aber vielleicht gibt es in dem Buch ja ein Kraut, das einen in einen Werwolf verwandelten Menschen zurückverwandelt, oder ein Gift, das Teufelshunde unschädlich macht.

Er schlägt eine Seite im Buch auf und liest laut vor, was dort steht.

»Kräuter zur Heilung von Hämorrhoiden.«

Alrik prustet los.

»Was sind Hämmerrieden?«, fragt Viggo.

»Hämorrhoiden sind so was Ähnliches wie Warzen am Po«, sagt Alrik lachend. »Super, Viggo, man weiß ja nie, wann man das braucht. Lass uns nach Hause flitzen und eine Kräutersalbe anrühren, mit der wir uns den Hintern einschmieren.«

Viggo funkelt seinen Bruder an. Im ersten Augenblick fürchtet Alrik, dass er jetzt ausrastet, aber da lacht Viggo schallend los. »Vielleicht ist ja genau das das Problem von Werwölfen«, sagt er. »Eigentlich sind sie friedlich wie Chorknaben, die alten Frauen über die Straße helfen, wenn nur die Warzen am Hintern nicht so wehtun würden.« Er wirft das Buch auf den Tisch. »Ich hab jetzt keine Lust mehr.«

Er nickt Damir zum Abschied zu und verlässt die Bibliothek. Alrik läuft hinter ihm her. Viggo versucht, sich nichts anmerken zu lassen, aber Alrik spürt, dass es ihn fuchst, dass Alrik auf die magische Art ein Buch gefunden hat und er nicht.

Sie gehen durch Estrids und Magnars Vorratskeller und Küche nach oben. Es scheint niemand zu Hause zu sein. Die Katze, die sich wie gewohnt auf der Außentreppe sonnt, jagt erschrocken davon, als sie die Tür öffnen.

»Wo hast du das Rad abgestellt?«, fragt Alrik.

Viggo starrt auf die Stelle am Zaun.

»An den Zaun«, sagt er. »Aber wo ist es jetzt?«

Alrik kriegt kaum noch Luft. Sein neues BMX-Rad.

»Du hast es doch abgeschlossen, oder?«, fragt er.

»Ja!«, sagt Viggo. »Natürlich. Oder …« Er zieht das Fahrradschloss aus der Tasche. »Ich hab's vergessen«, nuschelt er.

Das Rad, denkt Alrik. Das schöne neue Rad. Und sein neuer Kapuzenpulli, der um den Lenker gewickelt war.

Viggo sieht seinen großen Bruder an. Alriks Augen sind ganz schwarz. Er reißt Viggo das Schloss aus der Hand.

»Hallo!«, sagt eine Stimme hinter ihnen.

Sie drehen sich um und sehen Simon und seine Bande.

»Hast du was verloren?«, ruft Simon höhnisch.

»Ein Rad vielleicht?«, schlägt einer der anderen Jungs vor.

KAPITEL 15

Ich bring dich um!

Alrik Gehirn fängt an zu brodeln. Hinter seinen Augenlidern blitzen rote Punkte auf. Wenn Simon was mit seinem Fahrrad gemacht hat, dann gnade ihm Gott.

»Wo ist Alriks Rad?«, schreit Viggo.

»Weiß ich doch nicht«, antwortet Simon breit grinsend.

Die Jungs hinter ihm lachen.

»Bring es sofort wieder hierher!«, faucht Alrik.

Der Griff um das Fahrradschloss in seiner Hand wird fester.

»Was meinst du? Ich weiß nicht, wovon du redest.«

Simon breitet die Arme aus und dreht die Handflächen

in einer unschuldigen Geste nach oben, wobei er einen Schritt nach hinten macht.

»Bring es sofort wieder her! Bevor ich dich umbringe!«

Alrik atmet schnaufend durch die Nase ein und aus und geht langsam auf Simon zu. Das Fahrradschloss schwingt bedrohlich in seiner Hand vor und zurück.

Jetzt lacht keiner mehr und Simon ist das Grinsen vergangen. Er starrt in einer Mischung aus Verwunderung und Panik auf das Fahrradschloss.

»Alrik…«, flüstert Viggo und legt seinem Bruder eine Hand auf den Arm, um ihn zu beruhigen.

Aber dazu ist es zu spät.

»BRING ES AUF DER STELLE WIEDER HER!«, brüllt Alrik und stürzt auf Simon zu. Das Fahrradschloss kreist jetzt wie ein Morgenstern über seinem Kopf.

Simon dreht sich laut schreiend um und rennt um sein Leben. Über den Kirchenhügel und den Hang hinunter auf den Marktplatz zu. Der Biergarten auf dem Platz ist gut besucht, weil heute Grillabend mit einem Gitarre spielenden Liedermacher ist. Direkt vor dem Biergarten holt Alrik Simon ein. Tische und Stühle kippen krachend um, als Simon vor seinem Verfolger zu fliehen versucht. Der Liedermacher hört sofort auf zu spielen. Gläser und

Teller gehen zu Bruch. Alrik scheint von alldem nichts mitzubekommen, er hat nur Simon im Blick. Die Leute müssen sich ducken und zur Seite springen, um nicht von dem Schloss getroffen zu werden. Alle schreien durcheinander. Eltern nehmen ihre weinenden Kinder auf den Arm und sehen zu, dass sie sich in Sicherheit bringen. Es herrscht totales Chaos.

Da verhakt sich das Fahrradschloss an einem Stuhl. Und eine Sekunde später spürt Alrik einen bekannten eisernen Griff im Nacken.

»Jetzt reicht es aber!«, fährt Werk-Thomas Alrik an und reißt ihm das Fahrradschloss aus der Hand.

»Er will mich umbringen«, heult Simon. »Der ist total durchgeknallt!«

»Simon hat mein Fahrrad geklaut«, schreit Alrik.

»Hab ich gar nicht«, hickst Simon. »Er lügt. Ich hab überhaupt nichts getan!«

»Du hast deine Chance bekommen, Alrik«, zischt Thomas in Alriks Ohr. »Dieses Mal kommst du mir nicht davon. Wir gehen jetzt zusammen zu Laylah und Anders und erzählen ihnen, was du jetzt schon wieder angestellt hast.«

KAPITEL 16

Solche Kinder will hier keiner!

Anders hört aufgeregte Stimmen auf der Straße. Er erhebt sich von dem Küchenstuhl und geht ans Fenster, um einen Blick hinaus zu werfen. Da fliegt auch schon die Haustür auf. Thomas schiebt Alrik mit einem festen Griff um den Nacken in die Wohnung, dicht gefolgt von Viggo und Simon.

»Was ist passiert?«, fragt Anders.

»Das werde ich dir gerne sagen«, sagt Thomas und fuchtelt Anders mit dem Fahrradschloss vor der Nase herum. »Alrik wollte Simon mit diesem Ding hier schlagen. Außerdem beschuldigt er Simon, sein Fahrrad gestohlen zu haben, was natürlich nicht stimmt.«

»Er hat es aber gestohlen«, brüllt Alrik und versucht, sich aus Thomas' Klammergriff zu befreien.

»Neeeiiin«, schreit Simon.

»Doch, hat er!«, schreit Viggo.

»Lass den Jungen los!«, sagt Anders.

Thomas lässt Alrik fallen wie einen Müllsack.

»Simon hat niemandem das Rad weggenommen«, sagt Thomas. »Ich hab meinen Jungen erzogen. Das solltest du mit deinen Pflegekindern auch tun. Die sind ja völlig von Sinnen. Lügen und prügeln sich. Es ist ein Wunder, dass niemand ernsthaft verletzt wurde. Eigentlich gehört das angezeigt.« Thomas ist so aufgebracht, dass er beim Sprechen spuckt.

»Jetzt beruhigen wir uns erst mal alle wieder«, sagt Anders und hebt die Hand.

Aber Thomas ist nicht mehr zu bremsen. »Außerdem habe ich vor, der Polizei mitzuteilen, dass Alrik in die Überfälle bei der Ruine verwickelt ist.«

»Was sagst du da?«, platzt Anders heraus.

»Hörst du schlecht? Simon hat erzählt, dass Alrik den Mörderhund in die Stadt gelockt hat, indem er ihn gefüttert hat. Darum konnten die Angriffe überhaupt passieren!«

»Jetzt mach aber mal halblang«, protestiert Anders.

»Nicht ich, du!«, donnert Thomas. »Solche Kinder will keiner in Mariefred haben! Nur ihr! Weil ihr Geld von der Gemeinde für sie bekommt. Aber weißt du was! Nicht die Gemeinde, sondern ich bezahle das! Mit meinen Steuergeldern!«

Da platzt Anders der Kragen. »VERSCHWINDE!«, fährt er Thomas an und zeigt zur Tür. Seine Bizepse in den Overallärmeln schwellen an und an seinen Schläfen sieht man die Adern pochen.

»Das werde ich! Aber das wird ein Nachspiel haben. Komm Simon, wir gehen.«

Thomas schleudert das Fahrradschloss auf den Küchenboden, stapft aus dem Haus und knallt die Gartentür hinter sich zu.

»Verdammt«, sagt Anders. »Das war nicht sehr clever.«

Er läuft hinter Thomas her auf die Straße.

»Thomas!«, ruft er. »Warte. Es muss doch möglich sein, darüber zu reden …«

Die drei verschwinden aus dem Blickfeld. Alrik und Viggo bleiben allein in der Küche zurück. Auf dem Boden liegt das Fahrradschloss. Viggo hebt es auf und reicht es seinem Bruder, aber Alrik will es nicht haben.

»Was soll ich damit, jetzt, wo ich kein Rad mehr habe?«, sagt er mit tonloser Stimme.

Viggo senkt den Blick und steckt das Schloss wieder in die Hosentasche. Er möchte sich entschuldigen, kriegt das Wort aber nicht über die Lippen.

Als die Jungen abends im Bett liegen, können sie Anders und Laylah mit gedämpften Stimmen in der Küche reden hören. Was genau sie sagen, ist nicht zu hören, aber Alrik ist ziemlich sicher, worum es geht.

Wenn wir nur nicht wieder weggeschickt werden,

denkt er. In eine neue Pflegefamilie, eine neue Stadt, auf eine neue Schule.

Viggo ist auch noch wach, das hört Alrik an seinem Atem. Sie sagen nichts, liegen einfach nur still da und lauschen.

Irgendwann bricht Viggo das Schweigen.

»Was hältst du eigentlich von dem Gleipnerstrick?«

Der Gleipnerstrick, den hat Alrik komplett vergessen.

»Wie soll denn sowas wohl gehen?«, brabbelt Viggo weiter. »Was gehört da noch alles rein? Bergwurzeln und Vogelspucke?«

»Keine Ahnung. Ich hab jetzt keinen Kopf dafür.«

Er dreht sich zur Wand um. Sein Kopf ist wie leergeblasen. Er will nur noch schlafen. Mindestens eine Woche.

Es ist mitten in der Nacht. Und wieder heulen die Hunde in Mariefred. Alrik und Viggo schlafen.

In einer Ecke von Laylahs und Anders' Garten steht Estrid und hält Wache. Damir hat gesagt, dass die Jungen in Lebensgefahr schweben. Aber heute Nacht wird ihnen nichts geschehen.

Sie hält ihren langen Stab locker in der Hand, bereit ihn einzusetzen, wenn es nötig ist. Sie hat ihn vor langer Zeit von ihrer Pflegemutter bekommen, die vor ihr Wächterin der Bibliothek war. Estrid hat gelernt, mit dem Stab zu kämpfen, aber sie ahnt, dass er auch noch anders eingesetzt werden kann.

Aber nicht von mir, denkt sie. Ich bin keine Hexe. Ich will das nicht.

Trotzdem hat sie nach der Sache mit der Hohnstange drauf bestanden, den alten Hexenkittel als Schutz im Garten zu vergraben. Und nur sie kann die Orakelkarten deuten und …

Sie wird in ihren Gedanken unterbrochen, als es um sie herum plötzlich ganz still wird. Kein Kläffen oder Gejaule ist mehr zu hören. Sie spitzt die Ohren und umfasst den Stab fester. Auf der Straße vor dem Lattenzaun sind schwere Schritte zu vernehmen. Keine menschlichen Schritte, auch nicht die eines Tieres. Das klingt wie nichts, was sie je gehört hat. Ein Schrammen über den Asphalt wie Stein auf Stein. Und dann ist da noch ein merkwürdiges Geräusch, das sie nicht recht einordnen kann, als würde jemand Kiesel auf den Boden werfen.

Sie schnuppert in der Luft, fängt einen dünnen Geruchsfaden in der Dunkelheit auf, scharf, beißend.

In dem Augenblick verstummen die Schritte. Das Wesen steht draußen vor dem Zaun und schnuppert ebenfalls in der Luft. Hat es ihre Witterung aufgenommen? Oder die von Alrik und Viggo? Estrid schluckt. Sie muss damit rechnen, dass das Biest da draußen jeden Augenblick den Zaun einreißt wie ein Blatt Papier und sie angreift.

Sie hebt den Stab über den Kopf, aber wie soll sie sich mit so einem Zahnstocher verteidigen?

Da beginnt der Stab in ihrer Hand, unruhig zu zittern. Er zerrt an ihr, als würde am anderen Ende jemand ziehen. Er führt sie zu der Stelle im Garten, wo sie den Hexenkittel vergraben hat.

Ohne zu verstehen, was vor sich geht, schlägt sie dreimal mit dem Stab über dem Kittel auf die Erde, bevor sie mit der Spitze Richtung Straße zielt.

Fort, denkt sie. Verzieh dich!

Ihr Herz hämmert. Die Stille ist bedrückend. Da hört sie, wie die schweren Schritte sich auf dem Asphalt entfernen. Das Schrammen von Stein auf Stein und ein Geräusch von auf den Boden fallenden Kieseln.

Erst jetzt merkt sie, dass sie die ganze Zeit die Luft angehalten hat. Sie leert die Lungen. Die Gefahr ist vorüber.

Zumindest für den Moment. Sie schaut zu dem Fenster hoch, hinter dem die Jungen schlafen.

In der Sekunde schlägt Alrik die Augen auf. Er liegt auf dem Rücken und starrt in die Dunkelheit.

Jetzt weiß er endlich, wie sie den Gleipnerstrick herstellen können.

KAPITEL 17

Dünn wie Seide

»Simon, dieser widerliche Oberfiesling«, platzt Viggo heraus.

Es ist Sonntagmorgen. Er und Alrik sitzen in Estrids und Magnars Küche. Sie haben gerade erzählt, was mit Alriks neuem Rad passiert ist. Magnar steht am Herd und backt Apfelkrapfen, indem er einen Schöpflöffel mit dem Teig in einen Topf mit heißem Fett taucht. Estrid döst auf dem Küchensofa vor sich hin und rührt abwesend in ihrem Becher Kaffee und tätschelt die Katze, die es sich auf ihrem Schoß gemütlich gemacht hat.

»Was sollen wir jetzt machen … mit Simon und dem Rad?«, fragt Alrik an Damir gewandt.

Damir sieht genauso erschöpft aus wie Estrid. Der Bart und das Haar sind nicht geflochten und verknotet. Seine Haut ist gespenstisch blass. Wahrscheinlich hat er sich die ganze Nacht lesend in der Bibliothek um die Ohren geschlagen.

»Die Frage ist, was ihr wollt«, antwortet Damir mit tiefer Stimme.

»Ihn allemachen, was sonst«, antwortet Viggo wie aus der Pistole geschossen. »Oder … wenigstens sein Fahrrad kaputt machen!«

»Sonst noch was?«

»Na, das Fahrrad zurückholen«, sagt Viggo und schielt zu seinem Bruder rüber.

Damir nickt.

»Verstehe. Ihr wollt euch an Simon rächen und das Rad zurück haben. Das sind zwei Dinge. Was ist wichtiger?«

Da muss Alrik nicht lange nachdenken. »Das Rad zurückbekommen.«

»Dann richtet euch darauf ein.«

Damir lässt ihnen Zeit, das Gesagte zu überdenken, ehe er fortfährt.

»Und denkt an Meister Sun Tzus Worte: *Der klügste Krieger ist der, der niemals kämpfen muss.*«

Jetzt redet er schon wieder in Rätseln, denkt Viggo gereizt. Wie soll man da irgendwas kapieren?

Alrik versucht sich an einer Erklärung. »So in der Art... mehr den Kopf als die Muskeln anwenden... oder?«

Damir lacht.

»Oh nein! Das sagen die Erwachsenen dauernd«, ruft Viggo. »Aber das ist Bullshit!«

»Verstehe«, sagt Damir und steht auf. »Denkt in Ruhe darüber nach.« Er wickelt das lange Haar zu einem Knoten zusammen. »Und wenn ihr mich jetzt entschuldigt, dann lese ich weiter über meinen Drachen. Wir haben alle unsere Kriege zu führen.«

Er geht die Treppe in den Vorratskeller runter und sie hören, wie die Geheimtür geöffnet und geschlossen wird.

»*Verstehe*«, sagt Viggo mit gekünstelt tiefer Stimme, um Damir nachzuäffen.

Da ist Estrid plötzlich hellwach. »Wenn ich mich nicht irre, wollt ihr einen Gleipnerstrick herstellen«, sagt sie scharf.

»Habt ihr eine Idee, wie ihr vorgehen müsst?«, fragt Magnar von der Spüle.

»Jepp. Alrik ist darauf gekommen«, sagt Viggo.

»Also, ich hab mir Folgendes gedacht«, beginnt Alrik. »In dem Buch stand ja, dass der Gleipnerstrick aus dem Laut von Katzenpfoten gemacht werden soll, Fischatem und einer Menge anderer merkwürdiger Dinge, aus denen normalerweise keine Stricke gedreht werden. Und dann stand da, dass er dünn wie Seide sein soll. Und da kam mir die zündende Idee. Was ist dünn wie Seide?«

Alle sehen Alrik an, ohne etwas zu sagen.

»Seide natürlich!«, sagt Alrik triumphierend und zieht drei bunte Seidenschals aus der Tasche.

Das sind Laylahs Tücher. Sie hat mehrere davon in einer Schublade der Flurkommode und merkt hoffentlich nicht, wenn ein paar fehlen.

»Ich hab mir also gedacht, wenn man schon einen Seidenstrick hat, kann man die anderen Dinge ja einfach zufügen. Das müsste eigentlich funktionieren!«

»Fang an!«, sagt Magnar und wendet die fertigen Apfelkrapfen in Zucker.

Alrik beginnt damit, dass er die Seidentücher in Streifen schneidet, die er dann zu einem langen Strick zusammenknotet. Als er damit fertig ist, verknotet er das eine Ende zu einer Schlinge, ein bisschen wie bei einer Würgeleine, einer sehr langen Würgeleine.

Das könnte von Nutzen sein, wenn man einen Teufelshund zähmen will.

»Schollen wir mipp Kapfenpfop'n ampfang'?«, fragt Viggo mit dem Mund voll Apfelkrapfen.

Alrik nickt und legt den Seidenstrick auf den Boden. Viggo holt unterdessen die Katze, die ganz entspannt auf Estrids Schoß liegt. Aber sie schaffen es nicht, die Katze auf den Seidenstrick zu stellen, weil sie sich weigert, sich auf ihre Pfoten zu stellen. Sie macht sich schwer wie Blei, möchte lieber gestreichelt werden. Sie legt sich auf den Strick und beginnt zu schnurren.

»Jetzt mach schon, du blödes Katzenvieh!«, drängelt Viggo. »Wir brauchen Katzenpfoten, damit ein Gleipnerstrick daraus werden kann.«

Die Katze schnurrt noch lauter. Streckt sich genüsslich. Rollt hin und her. Gähnt.

Estrid geht kopfschüttelnd aus der Küche. Magnar dreht ihnen den Rücken zu und backt weiter Apfelkrapfen. Seine Schultern zucken von unterdrücktem Lachen.

Am Ende bringen sie die Katze dazu, wenigstens ein paar Schritte auf dem Seidenstrick herumzulaufen.

»Endlich, jubelt Viggo. »Als nächstes brauchen wir Vogelspucke. Nemas problemas!«

KAPITEL 18

Vogel, Fisch und Laylahs Bart

»Da!«, sagt Viggo und zeigt auf ein Fenster im ersten Stock genau gegenüber vom Café *Die blaue Katze.* »Da wohnt ein alter Mann, der einen Wellensittich hat. Ich hab ihn mal auf dem Fensterbrett gesehen, also den Wellensittich.«

»Vogelspucke«, sagt Alrik. »Super, Viggo!«

»Na ja, Vögel produzieren vielleicht nicht so viel Speichel, dass sie auf die Straße spucken, aber wir könnten den Seidenstrick an dem Schnabel des Wellensittichs reiben…«

Sie klingeln bei dem Vogelbesitzer, doch es macht niemand auf. Aber es gibt einen Balkon. Und die Balkontür steht offen. Viggo klettert flott die Regenrinne hoch und hangelt sich über das Balkongeländer, während Alrik unten die Luft anhält.

Viggo schleicht nach drinnen. Niemand zu Hause. Er nähert sich mit dem Seidenstrick in der Hand dem Vogelkäfig. Öffnet die Klappe und steckt die Hand hinein. Der Wellensittich flattert panisch herum. Ein paar Federn schweben zu Boden.

»Komm schon, Piepmatz, ich will dir doch nur mal kurz den Schnabel abwischen«, sagt Viggo und kriegt einen Flügel des Vogels zu fassen. Er zieht den wild flatternden Sittich aus dem Käfig, der ihm dummerweise entwischt und wegfliegt. Zuerst mit einem *Donk* gegen die Decke und dann schnurstracks raus auf den Balkon.

»Halt«, schreit Viggo und rast hinter ihm her.

Unten hält Alrik Ausschau, falls jemand nach Hause kommt. Er sieht den Wellensittich davon flattern.

»Nein!«, ruft er.

Das war's. Der Wellensittich wird heute Nacht bestimmt erfrieren. Und das ist ihre Schuld! Sie müssen dem Besitzer erzählen, was sie gemacht haben, und ihre Hilfe anbieten, den Vogel wieder einzufangen. Aber dann erfahren Anders und Laylah, dass Viggo bei dem alten

Mann eingebrochen ist. Das war's dann wirklich ENDGÜLTIG!

Aber offenbar will der Wellensittich nur einen kurzen Ausflug machen. Er fliegt eine Runde um einen Apfelbaum, ehe er wieder durch die Balkontür ins Wohnzimmer zurückfliegt.

Alrik und Viggo trauen ihren Augen nicht.

»Schnell, mach die Tür zu!«, ruft Alrik.

Viggo läuft hinter dem Vogel her und schließt die Balkontür hinter sich. Der Wellensittich ist zurück in seinen Käfig geflogen.

Dieses Mal kriegt Viggo ihn ordentlich zu fassen. Er reibt mit dem Seidenstrick am Schnabel des Vogels. Als der Sittich den Schnabel aufmacht, sieht Viggo eine winzige Zunge darin. Er schiebt einen Zipfel des Stoffes in den Schnabel, der zumindest die Zunge kurz berührt. Vogelspucke – perfekt!

»Ich dachte, mir bleibt das Herz stehen!«, sagt Alrik, als Viggo wieder auf sicherem Boden ist. »Jetzt müssen wir nach Hause, Mittagspause.«

»Dann können wir gleich gucken, ob Laylah einen Bart hat«, sagt Viggo. »Aber vorher lass uns noch einen

Abstecher zum Bootsanleger machen von wegen Fischatem.«

Sie rennen zum Anleger. Da stehen tatsächlich zwei Angler. Über ihnen kreisen ein paar kreischende Möwen. Auf der Hafenpromenade am Strandvägen gehen ein paar Einwohner mit ihren Hunden Gassi.

Eine von ihnen ist Maggie Migräne mit Flocke. Alrik bleibt natürlich stehen, um Flocke zu streicheln, obwohl Viggo unbedingt weiter möchte, um zu schauen, ob schon was angebissen hat. Maggie Migräne klagt einem anderen Hundebesitzer lauthals ihr Leid.

»Ich habe ihn aus dem Tierheim geholt«, sagt sie. »Da weiß man ja nie, wie lange ich ihn behalten darf, falls der rechtmäßige Besitzer sich meldet. Was ich nicht hoffe. Er war völlig verwahrlost und schauen Sie nur, wie mager er ist. Und keine Erziehung hat er, ständig läuft er weg.«

Da hat Alrik eine Idee. Er kann den herrenlosen Streunerhund doch ins Tierheim bringen. Die kümmern sich da um ausgesetzte und verletzte Tiere, warum also nicht auch um den Streuner, damit niemand ihn fängt und einschläfern lässt. Dass er nicht eher daran gedacht hat.

Während Alrik mit Otto spielt, läuft Viggo zu den beiden Männern, die auf dem Dampfschiffanleger ihre Angeln ausgeworfen haben. Zwischen ihnen steht ein Eimer, in dem sie ihren Fang aufbewahren. Drei lebende Barsche liegen in dem Eimer und schnappen nach Luft, die Armen. Oder genauer gesagt, schnappen sie wohl nach Wasser. Auch wenn es aussieht, als würden sie nach Luft schnappen. Die Männer sehen Viggo verdutzt an, als er sich verbeugt und sagt:

»Entschuldigen Sie, meine Herren.«

Er zieht den Seidenstrick aus der Tasche wie ein Zauberkünstler. Dann nimmt er nacheinander die Fische aus dem Eimer und lässt sie den Strick anhauchen. Sicherheitshalber sowohl mit dem Maul als auch mit den Kiemen.

»Ähm … was machst du da?«, kriegt der eine Angler schließlich heraus.

Aber da ist Viggo schon fertig.

»Mahlzeit!«, sagt er mit einem gut erzogenen Diener, ehe er mit Alrik zusammen davonrennt.

Es gibt gefüllte Paprikaschoten. Anders bricht der Schweiß aus, er tupft sich mehrmals mit dem Taschentuch die Stirn trocken. Laylah kocht gerne mit viel Chili und Knoblauch.

Viggo und Alrik starren Laylah aufs Kinn. Ist da irgendwo ein Härchen zu sehen?

»Was ist los?«, fragt Laylah und wischt sich mit der Serviette übers Kinn. »Hab ich gekleckert?«

»Nein, du hast da eine Bartstoppel«, sagt Alrik.

»Das ist aber sehr unsexy, Laylah«, sagt Viggo mit besorgter Miene. »Was Anders wohl dazu sagt?«

Anders prustet los und verschluckt sich.

»Aber, Viggo!«, sagt Laylah empört, obwohl es in ihren Mundwinkeln auch zuckt.

»Ich mach das!«, sagt Alrik und zaubert eine Pinzette aus seiner Hosentasche.

»Was? Jetzt?«, sagt Laylah.

»Halt still«, sagt Alrik und zupft das dünne Härchen mit einem Ruck aus.

»So«, sagt er zu Anders. »Jetzt musst du nicht mehr überlegen, ob du deinen Bruder küsst, wenn du die Augen zumachst ...«

Er beendet den Satz mit einem Schmatzgeräusch und rennt mit Viggo die Treppe hoch.

»Hallo!«, ruft Anders. »Kommt ihr mal ganz schnell wieder runter, bis wir mit dem Essen fertig sind!«

»Jungs!«, ruft Laylah mit ziemlich strenger Stimme.

»Wir kommen, wir müssen nur …«

Viggo steht bereit mit Superkleber, den er aus Anders' Werkzeugkiste geborgt hat. Ein Tropfen auf den Seidenstrick, in den Alrik das Haar drückt. So. Frauenbart – perfekt!

Alrik schiebt den Seidenstrick in die Hosentasche, ehe sie wieder in die Küche gehen und weiter essen, als wäre nichts gewesen. Anders besteht darauf, dass man am Tisch sitzen bleibt, bis alle mit dem Essen fertig sind.

»Keine Hektik am Essenstisch«, sagt er. »Okay?«

»Absolut okay«, sagt Alrik todernst.

»Das ist doch eine Selbstverständlichkeit«, sagt Viggo. »Das ist richtig, dass du uns zurechtweist, Anders. Damit das gar nicht erst einreißt.«

Laylah kichert. Viggo liebt es, sie zum Lachen zu bringen. Besonders, wenn sie versucht, nicht zu lachen, und es am Ende durch die Nase herausplatzt. Das hört sich so lustig an. Wie ein lachendes Ferkel.

»Du, Anders«, fährt Viggo fort. »Weißt du, was die Wurzeln eines Berges sein sollen?«

»Du bist ein echter Meister im Themenwechsel«, sagt Anders. »Bergwurzeln? Keine Ahnung. Berge haben doch keine Wurzeln, oder?«

»Aber was haben sie stattdessen? Was ist unter den Bergen?«

»Tja… Magma. Oder Lava, nehme ich an.«

Alrik nimmt sein Handy und googelt das Wort »Lava«.

»Ach!«, sagt er. »Wusstet ihr, dass man Lava kaufen kann? Man nimmt es für Gasgrills, für die gleichmäßige Wärme. Anders, weißt du, ob man sowas hier in Mariefred kriegt?«

»Mh, im Eisenwarenladen, vielleicht. Wollt ihr grillen?«

»Man weiß nie«, sagt Viggo. »Grillen ist vielleicht unser neues Hobby.«

Sie schaufeln das Essen in sich hinein, bedanken sich überschwänglich und räumen das Geschirr in die Maschine, ohne dass Anders sie daran erinnern muss, ehe sie abdüsen.

KAPITEL 19

Der Mörderhund soll brennen!

Alrik und Viggo laufen ins Zentrum. In der Fußgängerzone ist viel los. Es ist Marktwochenende, da haben die Geschäfte auch am Sonntag geöffnet. Vor dem Eisenwarenladen sind Feuerkörbe und Feuerholzsäcke aufgereiht. Die Türglocke klingelt, als Alrik und Viggo eintreten. Ein alter Mann, der im hinteren Teil des Ladens steht, sieht sie schlechtgelaunt an, ehe er sich zu seiner Frau hinüber beugt und ihr etwas ins Ohr flüstert. Viggo schnappt »Problemkinder« auf und »Fahrradschloss«. Er hält dem Blick des Alten trotzig stand.

Sie suchen nach den Grills und Grillzubehör. Viggo zeigt auf die Beutel mit Lavasteinen. So einen brauchen sie für ihren Gleipnerstrick. 99 Kronen steht auf dem Preisschild. Er stellt schnell fest, dass die Beutel zu groß sind, um sie unbemerkt zu klauen. Mist!

Er seufzt und steckt die Hände in die Hosentaschen. Was ist das? Da sind ja noch die zusammengefalteten Scheine von Hej-Henry. 120 Kronen. Er zeigt sie Alrik. »Davon wollte ich eigentlich dein Geburtstagsgeschenk kaufen«, sagt er.

Alrik fängt an zu grinsen.

»Lavasteine stehen ganz oben auf meiner Wunschliste«, sagt er.

»Dann ist das heute dein Glückstag«, sagt Viggo ebenfalls grinsend.

Viggo will gerade einen Beutel aus dem Regal nehmen, als Alrik ihn am Arm packt und hektisch hinter sich herzieht und ihm signalisiert, dass er leise sein soll. Im ersten Augenblick kapiert Viggo gar nichts, bis er Simon, Jonte und ihre Kumpel entdeckt, die den Eisenwarenladen betreten haben. Sie steuern direkt auf das Regal mit den Grillsachen zu.

Alrik und Viggo stehen einen Gang neben ihnen und verstecken sich zwischen Tapetenproben und Malerzubehör. Was haben Simon und seine Clique vor?

»Da ist Grill-Anzünder!«, sagt Anton.

»Der Mörderhund soll brennen«, presst Simon hervor. »Wir bespritzen ihn zuerst mit Grill- Anzünder und dann …« Er schnippt mit dem Daumen, als würde er ein Feuerzeug anzünden.

»Aber … also … ich finde das echt voll grausam«, protestiert Jonte lahm.

»Ach«, schnaubt Simon. »Wir sorgen doch nur dafür, dass er nicht noch mehr Menschen anfällt und tötet. Ich weiß, dass er sich in dem kleinen Wäldchen hinter der Schule versteckt. Kommt, wir gehen bei mir zu Hause vorbei und besorgen noch ein paar Sachen.«

Simon sieht sich um. Dann nimmt er die Flasche mit dem Grill-Anzünder und schiebt sie unter Jontes Hosenbund, hängt die XXXL-Jacke darüber und geht selbstbewusst und energisch Richtung Ausgang. Die Türglocke klingelt, als sie den Laden verlassen-

Alrik wird ganz schlecht, als er sich ausmalt, was Simon vorhat. Er will den Streunerhund abfackeln.

Alrik dreht sich zu Viggo um. »Kauf du die Steine, wir treffen uns zu Hause. Ich muss noch was erledigen.«

»Was denn … warte«, protestiert Viggo.

Aber Alrik ist schon aus dem Laden.

KAPITEL 20

Den Feind ohne Kampf besiegen

Alrik läuft, so schnell er kann. Er muss das Wäldchen vor Simon erreichen, damit er den herrenlosen Hund vor ihm im Tierheim in Sicherheit bringen kann. Er muss dort sein, ehe Simon und seine Freunde ihn mit Grill-Anzünder bespritzen können und … Er will sich den Gedanken gar nicht bis zu Ende ausmalen. Sein Herz pocht wie wild und er hat Eisengeschmack im Mund.

Beim Wäldchen angelangt, springt er über die Steinmauer und lauscht, während er versucht, wieder zu Atem zu kommen. Simon ist nirgends zu sehen. Gut.

»Komm schon«, ruft er mit sanfter Stimme und pfeift leise.

Der Hund zeigt sich nach kürzester Zeit. Alrik ist so froh darüber, dass er auf ihn zuläuft. Da weicht der Hund zurück. Alrik geht in die Hocke und hält eine Hand vor sich.

Der Hund reckt den Hals, hebt die Schnauze in die Luft und wittert. Dann kommt er, wenn auch immer noch ängstlich und misstrauisch, zu ihm. Alrik lässt ihn an seiner ausgestreckten Hand schnuppern, ehe er ihm vorsichtig über Kopf und Rücken streicht. Der Hund bleibt stehen und lässt sich von Alrik streicheln. Dann leckt er sich die Schnauze und schaut Alrik auffordernd an. Wo bleibt das Brot?, scheint er zu fragen.

»Tut mir leid, Kumpel! Diesmal habe ich weder was zu fressen noch Wasser dabei. Ich hab nur das hier.«

Alrik nimmt den Seidenstrick aus der Tasche, der als Halsband und Leine herhalten muss, um den Hund ins Tierheim zu bringen. Aber er kommt nicht mehr dazu, ihn dem Hund über den Kopf zu ziehen, weil in dem Moment Simon und seine Freunde kommen. Er hört das Bremsen ihrer Reifen auf dem Schotter vom Schulhof. Sie lassen ihre Räder einfach auf den Boden fallen. Der Hund hört es auch, bleibt aber an seiner Seite stehen und knurrt leise. Und in dem Augenblick wird Alrik klar, dass es nichts nützen würde, den Hund ins Tierheim zu bringen, weil er dort auch nicht sicher ist. Alle Bewohner von Mariefred glauben genau wie Simon, dass das der Mörderhund ist, der eingeschläfert werden muss.

»Hau schon ab! Verschwinde!«, faucht Alrik ihn an und wedelt mit den Händen.

Der Hund sieht ihn überrascht an, dann scheint er zu begreifen, und rennt schnell davon.

»Versteck dich und trau keinem«, flüstert Alrik. »Nicht einmal mir.«

Er kauert sich zwischen einen Felsen und einen Busch.

Simon ist als Erster da.

»Hier ist sein Schlafplatz«, sagt er und zeigt auf die Mulde mit dem platt gedrückten Gras.

»Wir könnten einen Käfig mit Lockfutter aufstellen«, schlägt Anton vor. »Dann können wir ihn mit dem Anzünder begießen, wenn er gefangen ist. POW, das gibt die reinste Fackel.«

»Hör auf«, murmelt Jonte.

»Du bist so eine Memme, Jonte«, sagt Simon gereizt. »Papa sagt, dass die Polizei den Mörderhund auf alle Fälle abknallt, wenn sie ihn finden. Weißt du was, zieh Leine!«

»Aber ich wollte doch nur ...«

»Hau schon ab«, sagt Simon hart und zeigt zu dem Ascheplatz, wo die Fahrräder liegen.

Jonte starrt auf seine Schuhspitzen und murmelt irgendetwas Unverständliches, ehe er davon trabt. Alrik in seinem Versteck kann nicht richtig hören, was er sagt, aber das ist auch nicht nötig. Alrik spürt Jontes Niederlage auch ohne Worte.

Er muss daran denken, was Damir gesagt hat. Der klügste Krieger ist der, der niemals kämpfen muss.

Jetzt weiß Alrik, wie sie versuchen können, sein Rad zurück zu bekommen.

KAPITEL 21

Bärensehnen

Viggo bezahlt den Beutel Lavasteine. Und während er auf das Wechselgeld wartet, hat er eine geniale Idee.

»Sie verkaufen nicht zufällig Bärensehnen?«, fragt er den Verkäufer an der Kasse.

»Ähm, nein«, antwortet der junge Mann, aber da ist Viggo schon verschwunden.

Er ist auf dem Weg zum Hirschgehege. Die Jogger und Spaziergänger mit Kinderwagen, die ihm unterwegs begegnen, scheinen sich tagsüber nicht vor dem Mörderhund zu fürchten. Wie erhofft, ist Hej-Henry zu Hause. Er sitzt in einem kaputten Sessel, aus dessen Polsterbezug an zig Stellen das Innenleben hervorquillt, vor seiner

Hütte in der Herbstsonne. Die Taschen seines Wintermantels beulen aus und scheinen schwer beladen zu sein. Was er wohl darin aufbewahrt? Jede Menge Dinge, die man vielleicht irgendwann mal brauchen könnte, schätzt Viggo. Hej-Henrys Pullover ist mindestens so löcherig wie der Sessel.

Er hebt den Kopf, als Viggo über den schmalen Waldpfad angeschlendert kommt. »Hej, hej!«, ruft er und winkt.

Viggo schaut sich zwischen ausrangierten Kühlschränken, Autoteilen, Schrott und Krimskrams um.

»Magst du einen Kaffee?«, fragt Hej-Henry mit einem Nicken zu der Stahlthermoskanne auf einer umgedrehten Tonne. Neben der Thermoskanne liegen ein zerfledderter Hut und ein Kreuzworträtsel.

»Nein, ganz bestimmt nicht«, sagt Viggo. »Oder, nein danke, meine ich.«

»Willst du was verkaufen?«

Hej-Henry schaut mit seinem gesunden Auge den Beutel mit Lavasteinen an. Das Glasauge guckt in eine andere Richtung.

»Nee, wie kommst du denn darauf?«

Hej-Henry breitet die Arme aus und lässt den Blick

über die ausrangierten Teile schweifen, die auf seinem Grundstück herumliegen. »Hier kommen Leute her und verkaufen alles Mögliche. Ich bin Geschäftsmann, weißt du.«

»Nein, ich bin nicht gekommen, um was zu verkaufen … Oder doch, wenn ich's mir recht überlege. Aber nicht das, was in diesem Beutel ist.«

»Aha. Und was hast du dann anzubieten?«

»Den Rest meiner Vergebung.«

»Sieh an, so ist das.«

Hej-Henry verschränkt die Arme vor der Brust und lehnt sich in seinem Sessel zurück, der bei der Bewegung knarrt und ächzt.

»Für das Zaubergeld und das Versprechen, mir den Trick beizubringen, gab's fünfundsechzig Prozent Vergebung.«

»Das heißt, wir sind fünfundsechzig Prozent Freunde und fünfunddreißig Prozent Feinde?«, fragt Hej-Henry mit einem breiten Grinsen. »Und jetzt willst du mir die verbleibenden fünfunddreißig Prozent verkaufen, damit wir hundertprozentige Freunde sind?«

»Na ja, eigentlich hatte ich an zwanzig Prozent gedacht.«

»Ach so, ah ja.« Hej-Henry zwinkert Viggo an. »Und was willst du dafür haben? Was ist der Preis für zwanzig Prozent Vergebung?«, fragt Hej-Henry.

»Eine Bärensehne!«

Hej-Henry guckt verdutzt und schielt noch heftiger als sonst.

»Was? Eine Bärensehne? Willst du nicht lieber ein Eis?«

Viggo verschränkt ebenfalls die Arme und sieht Hej-Henry streng an.

»Okay, okay«, sagt Hej-Henry und hebt die Hände in einer Ich-ergebe-mich-Geste vor sich hoch. »Aber wo sollen wir deiner Meinung nach eine Bärensehne hernehmen?«

»Das ist nicht mein Problem.«

»Wo du recht hast, hast du recht«, sagt Hej-Henry. »Das ist mein Problem. Und das ist ein großes Problem. Außerdem, für eine Bärensehne verlange ich fünfunddreißig Prozent Vergebung. Falls ich eine auftreiben kann, versteht sich. Und das ist nicht verhandelbar.«

»Okay«, sagt Viggo nach einer Sekunde Bedenkzeit. »Deal!«

Hej-Henry lacht gut gelaunt und erhebt sich aus dem knarrenden Sessel.

»Komm mit«, sagt er.

Ein bisschen entfernt gibt es eine große rote Scheune. Auf der Tür steht mit großen, handgemalten Buchstaben: SCHROTT IST NICHT GLEICH SCHROTT. Hej-Henry öffnet die Tür und schaltet das Licht an.

Viggo verschlägt es den Atem. Er hat in seinem ganzen Leben noch nicht so viel Schrott auf einem Haufen gesehen. Die ganze Scheune ist bis unter die Dachbalken vollgestopft mit allem, was sich das menschliche Hirn nur ausdenken kann: Berge kaputter Fahrräder, Kabel und Drähte, ein paar Boote, ein ganzer Lastwagen ohne Reifen, Plastikstühle, Lampen, große Holzkisten mit Nägeln und Schrauben, alte Tretschlitten, eine Pferdekutsche. Es gibt alles und noch viel mehr, man kommt kaum vorwärts in dem Durcheinander. Aber Hej-Henry scheint sich auszukennen und Viggo ist schließlich Kletterprofi.

»Irgendwo hier muss es sein«, murmelt Hej-Henry und steigt über einen Haufen moosbewachsener Dachziegel und eine Rutsche, die aussieht, als wäre sie von einer Dampfwalze überfahren worden.

»Tadaaa!«, ruft er plötzlich und nimmt zwei Teile von der Wand, die wie Tennisschläger für Riesen aussehen. »Bitteschön! Kanadische Schneeschuhe aus dem vorletzten Jahrhundert. Der Rahmen ist aus Birkenholz, das Netz aus echten Bärensehnen.«

»Großes Problem, haben Sie gesagt«, sagt Viggo. »Das war ja einfach wie nur was.«

»Jepp! Ich bin nicht umsonst Geschäftsmann. Ein Geschäftsmann weiß, wie man verhandelt. Willst du die Bärensehnen jetzt haben oder nicht?«

Natürlich will Viggo. Deal ist Deal. Hej-Henry ist ihm behilflich, zwei Sehnen von den Schneeschuhen zu schneiden. Sie sind hart wie Zweige. Wenn man sie in Wasser aufweicht und die Seidenschnur ebenfalls ins Wasser legt, müsste die Aufgabe mit den Bärensehnen doch erfüllt sein, überlegt Viggo sich im Stillen.

Er fragt Hej-Henry nach einer PET-Flasche und einem Hammer. Dann schiebt er die Bärensehnen in die Flasche und zerklopft ein Stück Lavastein mit dem Hammer. Kann ja nicht schaden, dem Wasser ein bisschen pulverisierte Lava zuzufügen.

Hej-Henry schlürft seinen Kaffee und schaut Viggo neugierig beim Anrühren seiner merkwürdigen Suppe zu.

»Was soll das werden?«, fragt er.

»Das ist geheim«, antwortet Viggo und klopft auf dem Lavastein herum, bis er anfängt zu schwitzen.

»Aha, so ist das also«, sagt Hej-Henry und schlürft genüsslich an seinem Kaffee. »Könnte es sein, dass ihr das zusammen mit Estrid und Magnar ausbaldowert habt?«

»Raten gilt nicht«, antwortet Viggo knapp. »Das ist wirklich streng geheim.«

»Hm, ja, die zwei waren schon immer ein paar Geheimniskrämer, das kenn ich schon. Manchmal, wenn ich bei ihnen klingele, macht keiner auf, obwohl ich schwören könnte, dass ich sie kurz vorher noch durchs Küchenfenster gesehen habe. Ist das nicht seltsam?«

Hej-Henry lacht kurz, verstummt dann jäh und versinkt in eigene Gedanken. Viggo hört auf, auf dem Lavastein zu hämmern. Das Pulver in der Flasche dürfte jetzt reichen. Seine Hände sind ganz schwarz und seine Hose und der Pulli fleckig.

»Ihr wart alle drei Pflegekinder, oder?«, fragt Viggo.

»So ist es, jawoll. Unsere Eltern sind gestorben, als wir noch klein waren und wir sind in ein Kinderheim gekommen. Ich war der Jüngste. Und nicht gerade der Einfachste. Ich hatte Hummeln in der Windel, hab geklaut und bin auf die schiefe Bahn geraten. Darum haben sie mich in eine Erziehungsanstalt geschickt, wie das damals hieß. Das war eine harte Zeit, kann ich dir sagen. Oj, oj.

Estrid und Magnar sind irgendwann zu einer Pflegemutter nach Mariefred gekommen. Wir haben uns erst als Erwachsene wiedergefunden.«

»Oh je«, sagt Viggo.

Er mag sich gar nicht vorstellen, was wäre, wenn Alrik und er getrennt würden. Das wäre das Schrecklichste, was passieren könnte.

»Aber«, sagt Hej-Henrik und lacht. »Für mich ist es trotzdem gut gelaufen. Sieh dich doch um, was für ein reiches Leben ich führe. Kennst du sonst jemanden, der so viele Sachen hat? Was?«

»Nein«, sagt Viggo und grinst breit.

»Was meinst du? Soll ich dir jetzt den Zaubertrick beibringen?«

In dem Augenblick piepst Viggos Handy. Eine SMS von Alrik. »KOMM SCHNELL«, steht da.

»Ein andermal«, sagt Viggo. »Jetzt muss ich leider los.«

KAPITEL 22

Blöder Stockholmer!

Nachdem er eine Weile gesucht hat, findet Alrik Jonte auf dem verwaisten Schulhof. Er sitzt auf einer Schaukel und malt mit der Schuhspitze Muster in den Sand. Jonte sieht ängstlich aus, als er Alrik entdeckt. Er schaut sich um, aber es ist niemand sonst in der Nähe.

»Genau mit dir will ich reden«, sagt Alrik.

»Ich aber nicht mit dir«, sagt Jonte so lässig, wie es ihm möglich ist.

Alrik baut sich mit gespreizten Beinen vor der Schaukel auf und streckt sich, um so groß wie möglich zu wirken.

»Entweder wir reden oder wir prügeln uns. Was ist dir lieber?«, sagt Alrik.

Jonte hat schon den ganzen Tag Bauchschmerzen. Oder auf alle Fälle, seit Simon davon angefangen hat, den Mörderhund verbrennen zu wollen. Und dass er am Ende ausgetickt ist und Jonte weggeschickt hat, macht die Sache auch nicht besser. Und jetzt noch das hier. Jonte will nicht mit Alrik reden. Aber noch weniger will er sich mit ihm prügeln. Das ist einfach nicht seine Stärke. Außerdem hat er keine Chance gegen einen Schlägertyp wie Alrik, der zwei Jahre älter ist und in die Sechste geht. Der Kerl hat doch Tollwut.

Blöder Stockholmer, kommt hierher nach Mariefred und glaubt, er wäre was Besseres, denkt Jonte.

Alrik packt Jonte am Arm und zieht ihn mit sich zum Friedhof, der an den Schulhof angrenzt.

»Wenn du mich verprügelst, kriegst du Simons Rache zu schmecken«, sagt Jonte. »Und die von seinem Vater.«

»Ich mach mir gleich vor Angst in die Hose«, wimmert Alrik.

Jonte folgt ihm widerstrebend. Der Kies zwischen den Grabsteinen knirscht unter ihren Schuhsohlen. Da bleibt Alrik stehen und zeigt auf einen Grabstein im Schatten eines großen Baumes. Jonte versteht zuerst nicht, was Alrik ihm sagen will, aber dann sieht er den Namen, der in den Stein gemeißelt ist. SIMON FORSBERG FAMILIENGRAB, steht da. Simon heißt zwar nicht Forsberg mit Nachnamen, aber die Botschaft ist trotzdem bei Jonte angekommen.

»Richte Simon einen schönen Gruß von mir aus«, sagt Alrik. »Ich weiß, was ihr mit meinem Rad gemacht habt. Und wenn es morgen nicht bei mir vorm Haus steht, wenn ich zur Schule gehe, werde ich Simons Fahrrad kaputt machen.«

»Das ist nicht dein Haus. Das ist Laylahs und Anders' Haus. Du und dein Bruder, ihr seid nur Pflegekinder«, sagt Jonte in einem kläglichen Versuch, hart zu klingen.

»Und wenn ich mit Simons Fahrrad fertig bin, werde ich dafür sorgen, dass er unter so einem hier landet«, fährt Alrik fort und zeigt auf den Grabstein. »Und danach knöpfe ich mir euch vor, einen nach dem anderen.«

»Simon hat keine Angst vor dir, falls du das glaubst«, sagt Jonte und hasst sich selbst dafür, dass seine Stimme so kieksig klingt.

Alrik sieht ihn mit festem Blick an.

»Richte ihm aus, was ich dir gesagt habe. Jetzt sofort!«

Damit dreht Alrik sich um und geht.

SIMON FORSBERG
FAMILIENGRAB

Sobald er außer Sichtweite ist, zieht Jonte sein Handy aus der Tasche und ruft Simon an.

»Simon, Jonte hier. Leg nicht auf«, sagt er schnell. »Ich hab Alrik getroffen. Er sagt, dass er weiß, was wir mit seinem Rad gemacht haben und… Keine Ahnung, wie er das rausgekriegt hat. Vielleicht hat uns ja jemand gesehen, als wir es vom Dampfschiffanleger geworfen haben, und hat gepetzt. Das sollte ich dir jedenfalls von ihm ausrichten. Und dass er, wenn er bis morgen früh nicht sein Rad zurück hat, erst dein Fahrrad kaputt macht und dich dann ins Jenseits befördert. Danach sind wir dran, einer nach dem anderen. Das hat er gesagt. Er hat mich zu einem Grabstein mitgenommen, auf dem Simon steht. Ich stehe immer noch davor. Das ist echt unheimlich!«

Jontes Atem geht heftig, als er zuhört, was Simon antwortet.

»Okay«, sagt er. »Okay, ich komme. Tschüs!«

Als Jonte nicht mehr zu sehen ist, springt Viggo leichtfüßig aus dem großen Baum hinter dem Grabstein, in dem er sich versteckt und alles mit angehört hat, wie er und Alrik es abgesprochen haben. Er wirft einen Blick auf den Grabstein und lacht. Simon Forsbergs Familiengrab. Und direkt dahinter der Baum. Clever gewählter

Platz. Er sieht sich um. Gleich darauf kommt Alrik angelaufen.

»Es hat geklappt! Ich weiß, wo das Rad ist«, sagt Viggo zufrieden.

»Wo? Wo ist es?«

»Sie haben es vom Dampfschiffanleger geworfen. Aber… wollen wir nicht hinter Jonte herlaufen und Hackfleisch aus ihm machen? Was soll der Mist, dass das nicht dein Haus ist und dass wir nur Pflegekinder sind. Das müssen wir uns nicht anhören.«

Alrik dreht den Kopf zur Seite und schaut in die Richtung, in die Jonte verschwunden ist. Und wieder hallen Damirs Worte in seinen Ohren: *Der klügste Krieger ist der, der niemals kämpfen muss.*

»Nein, lass ihn laufen. Jetzt holen wir uns mein Rad zurück.«

KAPITEL 23

Ein Raubtier in der Bibliothek

»Anders ist einfach der Beste«, sagt Viggo zu Alrik.

Sie stehen auf dem Dampfschiffanleger und schauen zu den Luftblasen in dem trüben Wasser hinunter. Die kommen von Anders, der nach Alriks Fahrrad taucht. Anders hat eine Firma, die »Dein Mann für alle Fälle« heißt. Er repariert alles Mögliche, manchmal eben auch unter Wasser an Booten oder Anlegestegen. Darum besitzt er eine Sauerstoffflasche, einen Neoprenanzug und eine Unterwasserlampe.

Alrik schaut hinunter in das kalte, schwarze Wasser. Er hat das Gefühl, jeden Augenblick ohnmächtig zu werden. Er findet es ganz furchtbar, hier am äußersten Ende des Steges zu stehen. Was, wenn er plötzlich auseinanderbricht. Oder Anders irgendwo unten hängen geblieben ist. Müsste er nicht längst wieder an der Oberfläche sein?

Ruhig, sagt er zu sich selbst, ganz ruhig.

Er steht an einer Stelle, an der er überhaupt nicht stehen will, um Anders das Seil mit dem Karabinerhaken runter zu werfen, falls der fündig wird.

Endlich taucht Anders' Kopf auf. Die Taucherbrille ist beschlagen. Er nimmt den Atemregler aus dem Mund.

»Bingo!«, ruft er. »Obwohl da unten kaum was zu sehen ist. Werft mir das Seil runter!«

Er taucht wieder ab.

Als er das nächste Mal nach oben kommt, sehen sie zuerst seine Hand mit dem hochgestreckten Daumen. Das ist das Zeichen, dass das Rad am Seil hängt!

Anders klettert zu ihnen hoch und zieht das Rad auf den Steg.

»Simon, der Idiot«, schimpft Viggo. »Das ist ja total hin.«

»Sie scheinen darauf rumgesprungen zu sein«, sagt Anders grimmig. »Ich werde mit Thomas reden.«

»Er glaubt sowieso nur seinem perfekten Engelssohn«,

sagt Viggo. »Aber Anders, du kannst das Rad doch reparieren, oder?«

»Die Kette krieg ich wieder hin«, sagt Anders.

Er legt eine Hand in den Nacken und schaut nachdenklich auf den Schrotthaufen runter.

»Den Bremszug kann ich austauschen, die zerschnittenen Reifen und Schläuche ebenfalls. Aber das Hinterrad … Tut mir leid, Alrik, das ist komplett verzogen. Und ein neues können wir uns im Moment nicht leisten.«

Anders trägt das Rad zu seinem Pick-up, den er beim Kiosk geparkt hat.

»Soll ich euch mit nach Hause nehmen?«, fragt er. »Es gibt bald Abendbrot.«

»Wollen wir nicht vorher noch zu Estrid und Magnar wegen der Beschwörungsformel für den Gleipnerstrick?«, flüstert Viggo Alrik zu.

Aber Alrik schüttelt den Kopf. Er hat im Moment zu gar nichts Lust und Energie. Will nur noch nach Hause, sich auf seinem Bett ausstrecken und vielleicht Minecraft spielen. Oder einfach nur an die Decke starren.

»Ich übernehm das«, sagt Viggo leise zu Alrik und laut zu Anders: »Alrik fährt mit dir nach Hause. Ich komme in einer Viertelstunde nach.«

Viggo rennt durch die Klostergatan zu Estrids und Magnars Haus. Es ist niemand zu sehen, aber die Tür ist nicht verschlossen und er weiß, dass er auch ohne sie in die Bibliothek darf. Die Treppe runter in den Vorratskeller nimmt er mit zwei Sprüngen. Dann läuft er lautlos im Stockfinstern durch den unterirdischen Gang.

Zwischendurch streckt er eine Hand seitwärts aus und streift mit den Fingerspitzen über die kühlen Steine, die verschlossenen Türen, die, wie er annimmt, zu anderen unterirdischen Gängen oder anderen Räumen führen. Irgendwann wird er Estrid bitten, ihm zu zeigen, was sich dahinter verbirgt.

Er öffnet die schwere Bibliothekstür, die geräuschlos aufgleitet.

Drinnen ist es schummrig. Nur eine Petroleumlampe brennt und wirft ihr flackerndes Licht über die Bücherregale und die unheimlichen Deckenmalereien.

Auf dem Steintisch liegen noch immer die Bücher, in denen Alrik und er gelesen haben. Die Seite mit dem Gleipnerstrick ist aufgeschlagen. Viggo zieht sein Handy aus der Tasche und fotografiert sie ab.

Da entdeckt er, dass er nicht alleine in der Bibliothek ist.

Damir steht an dem verbotenen Regal. Er hat die Finger durch das Gitter gesteckt, als versuche er, an die weggeschlossenen Bücher ranzukommen.

Damir hat sein Hemd ausgezogen und steht mit nacktem Oberkörper da. Der lange Zopf hängt über seinem Rücken. Und der Rücken … Viggo macht einen Schritt nach hinten. Der Rücken ist komplett behaart. Der ganze Oberkörper ist behaart. Damir hat ein Fell. Also, nicht wie der stark behaarte Affenmensch im Schwimmbad, sondern ein richtiges Tierfell. Kurz und glänzend wie bei einem Pferd.

Im selben Moment, als Viggo Damir entdeckt, entdeckt Damir auch Viggo. Er dreht sich so hastig um, dass der Zopf durch die Luft peitscht. Seine Zähne funkeln weiß in der Dunkelheit. Die Augen sind gelb und eiskalt. Wie bei einem … Raubtier!

Damir macht einen Satz auf ihn zu und wischt mit einem Arm quer über den Tisch, um ihn zu packen. Aber Viggo ist schneller, er ist schon auf dem Weg zur Tür raus.

Und dann rennt er. So schnell wie es in der Dunkelheit eben geht. Seine Füße kennen den Weg. Jetzt nur nicht stolpern, denkt er. Nur nicht hinfallen. Damir – oder wer oder was das immer ist – ist ihm dicht auf den Fersen.

Nach oben, die dreizehn Stufen hoch. Viggos Lungen pfeifen. Er hat Seitenstiche. Puddingbeine.

Er stürzt durch die Geheimtür in den Vorratskeller und krabbelt auf allen Vieren die Treppe zur Küche hoch.

Und da stehen Magnar und Estrid. Viggo wirft sich Magnar in die Arme und schreit so laut er kann.

»Viggo, meine Güte«, sagt Estrid verdutzt, »was ...«

Weiter kommt sie nicht, weil Damir in der Küche auftaucht. Er hat sein Hemd wieder angezogen, aber es ist ganz schief geknöpft. Und er sieht rasend aus.

KAPITEL 24

Ein Betrüger

»Damir«, keucht Viggo. »Er war unten in der Bibliothek und hat …«

»Natürlich war ich in der Bibliothek«, fällt Damir ihm ins Wort. »Ich arbeite dort. Und ich kann es gar nicht leiden, dabei gestört werden!«

»Er hat sich an dem verbotenen Regal zu schaffen gemacht und … er hatte sein Hemd ausgezogen und sein …«

»Mir war halt warm.«

»Hiiilfe«, schreit Viggo und drückt sich fester an Magnar. »Er ist ein Werwolf. Rettet mich vor ihm.«

»Viggo!«, sagt Estrid streng. »Damir ist unser Gast.«

»Sein Körper ist ganz behaart! Wie in den Büchern! Der erste Schritt der Verwandlung, wo man dreimal durch so eine Schlinge steigen muss. Beim ersten Durchsteigen wächst einem Fell. Dann …«

»Viggo«, sagt Magnar mit sanfter Stimme. »Damir hat Zugang zu allen Büchern in der Bibliothek, auch zu den weggeschlossenen.«

»Zieh dein Hemd aus, Damir!«, ruft Viggo. »Zeig ihnen dein Fell.«

»Unsinn«, sagt Damir und verzieht verächtlich die Lippen. »Kommt überhaupt nicht in die Tüte.«

»Jetzt hör mir mal zu, Viggo«, sagt Magnar ganz ruhig. »Erinnerst du dich an unsere erste Begegnung mit Damir bei der Ruine? Da habe ich ›Pax Mariae‹ zu ihm gesagt, was Marias Frieden bedeutet. Das ist der Name des Klosters, das vor langer Zeit die Bibliothek bewacht hat …«

»Ich weiß, was das heißt, aber …«

»Und erinnerst du dich auch noch an Damirs Antwort? *Omnia mea mecum porto*, hat er gesagt. Das heißt: All meinen Besitz trage ich bei mir. Und das ist die Losung der Hexen im Kriegerzirkel der Besitzlosen. Ich habe geantwortet: *Tecum porto*, ich trage mit dir.«

»Er ist ein Betrüger! Die Losung hat er irgendwie rausgefunden.«

Estrid und Magnar schütteln bedauernd die Köpfe. Damir mustert Viggo mit kalten Augen.

»Viggo …«, setzt Magnar wieder an, aber da reißt Viggo sich los und bewegt sich rückwärts auf die Haustür zu.

»Ihr glaubt mir nicht.«

In seiner Stimme schwingt Wut und Enttäuschung mit.

»Ich weiß, was ich gesehen habe«, sagt Viggo. »Ich weiß, was ich gesehen habe.«

Er geht rückwärts bis auf die Vortreppe. Dort dreht er sich um und rennt den ganzen Weg bis nach Hause.

Beim Abendessen sind Alrik und Viggo ungewöhnlich still. Sie kauen und schlucken, kauen und schlucken. Anders' Lasagne schmeckt nach Pappe.

Nach dem Essen schließen sie sich in ihrem Zimmer ein und reden. Über das Fahrrad. Über Damir. Die meiste Zeit redet Viggo. Alrik sagt nicht sehr viel.

»Was, wenn er Magnar und Estrid was antut?«, sagt Viggo. »Was sollen wir tun?«

Alrik holt den Seidenstrick und die PET-Flasche unter dem Bett hervor. Das schwarze Lavapulver hat sich unten abgesetzt und die Bärensehnen sind im Wasser weiß aufgequollen.

»Wir können ja auf alle Fälle schon mal den Gleipnerstrick fertigmachen«, sagt er.

»Sag mal, hörst du schlecht?«, faucht Viggo ihn an. »Das mit dem Gleipnerstrick hat Damir sich nur für uns ausgedacht, um uns zu verwirren und von sich abzulenken.«

»Vergiss nicht, dass ich das Buch mit der Anleitung für den Gleipnerstrick gefunden habe, nicht Damir«, sagt Alrik.

»Er hat dir was vorgemacht, kapierst du das nicht?«

»Erträgst du es nicht, dass ich das Buch gefunden habe und nicht du, oder was?«, sagt Alrik und schüttelt die PET-Flasche energisch. »Ich hab die Nase so gestrichen voll, dass du immer im Mittelpunkt stehen musst.«

Er legt ein paar aufgeschlagene Donald-Hefte auf den Boden und legt den Seidenstrick darauf.

»Was soll das heißen, dass ich immer im Mittelpunkt stehen will?«, blafft Viggo Alrik an. »Du bist doch derjenige, der … Äääh, was stinkt hier denn so!«

Alrik hat die Flasche aufgeschraubt und gießt die übel stinkende Brühe über den Seidenstrick.

Da hören sie Schritte im Flur und Laylahs Stimme.

»Jungs, hört mal…«

Alrik schiebt in Windeseile den glitschigen Seidenstrick und die Comics unter das Bett.

Er schafft es gerade noch, aufs Bett zu hechten und YouTube auf seinem Handy aufzurufen, als Laylah an die Tür klopft und eintritt.

Merkwürdig, denkt Alrik. Erwachsene tun immer so gut erzogen gegenüber Kindern und klopfen an. Aber sie warten nie das »Herein« ab, sondern platzen direkt mit dem Klopfen ins Zimmer.

Im nächsten Augenblick hat er seine Wut schon wieder vergessen, weil Laylah sie so gut gelaunt anstrahlt.

»Vergesst nicht, eure Turnsachen für morgen einzupacken«, sagt sie. Und verzieht das Gesicht zu einer Grimasse. »Was stinkt hier denn so?«

»Das war Viggo«, sagt Alrik schnell. »Er hat gefurzt. Sag ihm, dass er das lassen soll, Laylah.«

»Äh! Hab ich gar nicht!«, protestiert Viggo. Dann verstummt er und überlegt es sich anders. »Oder, doch. Hab ich. Entschuldigung.«

Laylah strahlt noch mehr. »Macht nichts«, kichert sie. »Ich bin durch Anders' Eierpupse abgehärtet.«

Sie verdreht die Augen und wedelt mit der Hand vor der Nase herum.

Laylah kichert ihr Ferkellachen, das so ansteckend ist. Alrik und Viggo vergessen völlig, dass sie sich gestritten haben, und prusten los.

»Igitt, Eierpupse. Das sind die schlimmsten!«, sagt Alrik und rümpft die Nase.

»Das hab ich gehört!«, ruft Anders, der nebenan vor dem Fernseher sitzt. »Sowas nennt man Verleumdung!«

Das bringt Laylah, Alrik und Viggo noch mehr zum Lachen.

»Die heimlichen, leisen sind schlimmer«, ruft Viggo Anders zu.

»Laylah pupst im Schlaf«, antwortet Anders aus dem Nebenzimmer. »Richtige Kracher. Da hebt die Decke ab.«

»Jetzt aber!«, ruft Laylah und stürmt zur Tür raus.

Sie hören die beiden zum Spaß kämpfen und lachen. Viggo und Alrik müssen auch lachen.

Aber dann fällt ihnen ein, dass sie ja eigentlich zerstritten sind, und sie werden wieder ernst.

Viggo schließt die Zimmertür und Alrik holt die PET-

Flasche und die Comics mit dem schlabberigen Seidenstrick unter dem Bett hervor.

»Ich spreche jetzt jedenfalls die Beschwörungsformel«, sagt Alrik. »Machst du mit?«

Viggo kneift die Lippen zusammen und schüttelt den Kopf. Er starrt auf die schwarze Brühe in der Flasche. Eigentlich sollte er die Beschwörungsformel zusammen mit Alrik lesen, auch wenn er nicht mehr an die Sache glaubt. Armer Alrik. Von Damir betrogen. Kein Geburtstagsgeschenk von Mama. Das schöne Rad von Anders und Laylah, das Simon kaputtgemacht hat. Und das ist alles Viggos Schuld. Und sein Geburtstagsgeschenk für den großen Bruder ist dieser schwarze Pamps in der Flasche. Wie gemein ist das denn? Warum muss so ein neues Hinterrad bloß so teuer sein!?

Aber, hallo! Viggo schießt ein Gedanke durch den Kopf. Er hat doch gerade einen Geschäftsmann mit einer Scheune voller Schrott kennengelernt. Wie viele Räder haben dort gelegen? Mehr als genug.

Er wirft einen Blick auf die Uhr. Acht Minuten nach acht. Laylah und Anders werden ihm garantiert nicht erlauben, nochmal raus zu gehen. Nicht mit frei herumlaufenden Mörderhunden und einem Schultag morgen.

Aber wenn Viggo einmal eine Idee hat, vergisst er alle Erwachsenen-Regeln und Monsterhunde. Er steht auf, öffnet das Fenster und klettert auf die Fensterbank.

»He, was machst du da?«, fragt Alrik.

»Leise«, flüstert Viggo. »Ich muss nur noch mal los und was erledigen. Bin bald zurück. Und dann lesen wir die Beschwörungsformel zusammen. Großes Ehrenwort!«

KAPITEL 25

Antworte! Bitte!

»Sieh an, hej, hej! Du schon wieder hier«, begrüßt Hej-Henry ihn gut gelaunt, als er die Tür aufmacht und sieht, wer davor steht.

Viggo hat keine Zeit für ein Begrüßungsritual. »Ich habe noch einen Wunsch«, sagt er.

»Ach, sind wir nicht quitt? Ich dachte, nach dem Deal mit den Bärensehnen wären wir hundertprozentige Freunde.«

»Sind wir auch. Aber Freunde helfen einander … eben weil sie Freunde sind. Stimmt doch, oder?«

»Ach so, so funktioniert das«, sagt Hej-Henry und blinzelt ein paar Mal.

Er schielt so heftig, dass Viggo sich umdreht, um zu schauen, ob hinter ihm noch jemand steht. Da ist niemand.

»Ich brauche einen Fahrradreifen«, erklärt Viggo. »Für das kaputte BMX-Rad meines Bruders. Ich bin schuld, dass es kaputt ist, und da dachte ich …«

Viggo zieht die Schultern hoch und gibt Hej-Henry einen Zettel, auf den er die Modellnummer des Rades geschrieben hat. Hej-Henry kratzt sich in dem schütteren Bart und brummelt leise vor sich hin.

»Mmh, ein ziemlich ungewöhnliches Rad, wie ich sehe. Das schüttelt man nicht mal eben aus dem Ärmel. Aber mir wird schon was einfallen. Ich bin schließlich nicht nur Geschäftsmann, sondern auch Erfinder, mein junger Freund … Kumpel, meine ich.«

Viggo kann nichts dafür, aber er ist ein bisschen enttäuscht. Er hatte fest damit gerechnet, dass Hej-Henry das Problem mit dem Rad mindestens so leicht löst wie mit den Bärensehnen.

»Wie viel Zeit brauchst du?«, fragt er.

»Gib mir einen Tag oder zwei. Aber, hej! Dann bist du mir wieder einen Dienst schuldig. Schon mal was von Leistung und Gegenleistung gehört?«

»Jaaa ...«

»Mir würde da das eine oder andere einfallen, wobei du mir helfen könntest. Aber, hej, komm erstmal rein! Wenn du magst, zeig ich dir den Zaubertrick.«

Hej-Henry zeigt mit einer einladenden Geste in die Hütte. Viggo kann das Durcheinander dort drinnen ahnen.

»Nee, das geht nicht. Laylah und Anders wissen nicht, dass ich draußen bin, und ich hab Alrik versprochen, so schnell wie möglich wieder zurück zu sein.«

Eine kurze Sekunde sieht Hej-Henry ein bisschen enttäuscht aus, aber dann zieht er die Schultern hoch. »Du hast recht, Junge. Natürlich musst du schnell nach Hause. Um diese Zeit sollten Kinder nicht mehr alleine draußen unterwegs sein. Nicht nach den schrecklichen Dingen, die in letzter Zeit passiert sind. Soll ich dich auf meinem Transportmoped nach Hause fahren?«

Viggo schaut sich um. Hilfe, das ist ja wirklich stockfinster im Wald.

Er nickt. Ja, er möchte von Hej-Henry nach Hause gefahren werden.

Es ist schon neun Uhr, als Viggo durch das Fenster ins Zimmer klettert.

»Du kannst doch nicht einfach so abhauen«, sagt Alrik. »Wo warst du?«

»Das kann ich dir im Moment noch nicht sagen, weil es eine Überraschung ist«, sagt Viggo mit geheimnisvoller Miene.

Alrik hält ihm das eine Ende des Seidenstrickes hin. Viggo nimmt es ohne Widerspruch in die Hand. Es fühlt sich nass und glitschig an. Das Lavapulver hinterlässt schwarze Streifen.

»Jetzt lesen wir die Beschwörungsformel zusammen«, sagt Alrik mit ernster Miene. »Du hast den Text doch abfotografiert, oder?«

Viggo nimmt mit der freien Hand sein Handy heraus und öffnet das Foto.

»Heraus, was unsichtbar, unhörbar.
Komm in deinen rechten Hafen.
Ruhig wie ein Kind auf dem Arm der Mutter«,

lesen sie zusammen.

Als sie fertig sind, sieht Alrik den Gleipnerstrick ent-

täuscht an. Er weiß nicht, was er sich vorgestellt hat. Vielleicht, dass der Strick sich auf magische Weise verwandelt. Aber er hängt noch genauso schlaff und nass zwischen ihren Händen wie vorher.

Sie bleiben noch eine Weile still stehen. Im Hintergrund sind Fernsehgeräusche zu hören. Anders und Laylah gucken Nachrichten.

»Hab ich ja gesagt«, sagt Viggo und lässt den Gleipnerstrick los. »Das ist alles Betrug. Du hättest Damir mal sehen sollen, dann würdest du mich verstehen. Sein Oberkörper war komplett behaart und die Augen … Ich glaube, er war das mit den Überfällen am Kirchhügel.«

»Wieso Kirchhügel?«, sagt Alrik. »Die Überfälle waren doch bei der Ruine!«

»Ja, schon. Aber die Ruine war ganz früher mal eine Kirche! Und sie liegt auf einem Hügel.«

»Ich dachte, das wäre eine Schlossruine«, sagt Alrik abwesend. »Dabei ist es eine Kirchenruine ... Warte mal.«

Alrik hält eine Hand vors Gesicht, während er sein Gedächtnis durchforstet. Er sucht nach etwas, das er in der Bibliothek über Werwölfe, Teufelshunde und Gestaltwandler gelesen hat.

»Ich hab's!«, ruft er. »Das ist ein Grimm!«

»Ein was?«

»Ein Kirchengrimm. Also ... ganz früher ... da begrub man, wenn man Kirchen baute, unter einer Mauer einen lebenden Hund. Der verwandelte sich dann in einen Dämonenhund, der nachts die Kirche bewacht. Wir haben es hier mit einem Grimm zu tun, der aus seinem Schlaf erwacht ist. Beide Überfälle haben bei der alten Kirche stattgefunden.«

Viggo wird wieder wütend. »Außer auf die Hirsche! Das war kein Grimm! Hast du einen Kurzschluss im Hirn, oder was? Hörst du nicht, was ich sage? Damir ist der, den wir suchen!«

Sie funkeln sich schweigend an.

Alrik denkt nach. Hat Viggo womöglich recht?

»Nein«, sagt er schließlich. »Ich bin fest davon überzeugt, dass es ein Kirchengrimm war und dass Damir einer von uns ist.«

Viggo kneift die Augen zu und denkt angestrengt nach.

»Wenn wir es tatsächlich mit einem Grimm zu tun haben, dann müsste es doch eine tiefe Grube oder ein großes Loch in der Mauer der Kirchenruine geben, oder?«, sagt Viggo. »Da, wo der Hund begraben war.«

»Ähm … ja, anzunehmen«, antwortet Alrik.

»Dann bin ich dafür, dass wir uns gleich dorthin begeben und nachschauen, wer von uns recht hat«, faucht Viggo.

Mit einem Satz ist er wieder auf dem Fensterbrett und klettert zum zweiten Mal an diesem Abend die Feuerleiter hinunter.

»Jetzt hör aber mal auf, Viggo!«, platzt Alrik heraus und lehnt sich aus dem Fenster.

Aber Viggo ist schon unten.

»Dann geh ich eben alleine«, sagt er. »Wenn du dich nicht traust.«

Und damit läuft er los. Alrik hört seine Schritte auf der

Straße. Viggo, dieser Idiot. Er hat gar keine andere Wahl, als hinter ihm her zu laufen. Er knüllt den Gleipnerstrick in die Hosentasche. Schaden kann es ja nicht, ihn dabei zu haben. Dann ruft er Magnar an und klemmt das Handy zwischen Ohr und Schulter, während er die Leiter runter klettert.

Es klingelt und klingelt.

Antworte! Bitte!, denkt er und rennt in die Richtung, in der er Viggo hat verschwinden hören.

Endlich ertönt eine Stimme.

»Hallo!«

»Alrik hier«, sagt er schnell. »Ihr müsst mir helfen. Viggo ist auf dem Weg zur alten Kirchenruine. Ich glaube, ich habe herausgefunden, wer die Überfälle begangen hat. Ein Kirchengrimm! Aber Viggo ist felsenfest davon überzeugt, dass es Damir war. Beeilt euch!«

»Verstehe«, antwortet eine tiefe Stimme.

»Hallo, mit wem spreche ich?«

Das Gespräch wird unterbrochen.

Eine Eisenkralle legt sich um Alriks Herz.

KAPITEL 26

Viggo, wo bist du?

Das war Damir, der geantwortet hat. Warum antwortet Damir an Magnars Mobiltelefon? Und legt dann einfach auf? Estrids Nummer kennt Alrik nicht. Hat sie überhaupt ein Handy?

Alrik rennt weiter und ruft Viggos Namen.

»Viggo!«

Keine Reaktion.

Hoffentlich sitzen Anders und Laylah noch vorm Fernseher und haben nicht mitgekriegt, dass sie nach draußen geschlichen sind. Das ist das Letzte, was er jetzt will – sie erzürnen oder enttäuschen. Er muss daran denken, was Thomas gesagt hat: dass Anders und Laylah Viggo und ihn nur bei sich aufgenommen haben, weil sie Geld dafür bekommen.

Alrik biegt rechts in die Djurgårdsgatan. Viggo ist nirgends zu sehen.

Wieso ist der Abstand zwischen den Straßenlaternen nur so groß. Die Dunkelheit schiebt sich an ihn heran. Alrik gibt sich Mühe, ruhig und kontrolliert zu laufen, damit er nicht auf halber Strecke schlappmacht. Dabei lauscht er wachsam in alle Richtungen.

»Viggo!«

Er läuft an der Tankstelle vorbei und am alten Bahnhof. Es ist keine Menschenseele draußen unterwegs. So spät abends traut sich niemand mehr aus dem Haus. Nicht mal, um mit dem Hund Gassi zu gehen.

Hätte er Laylah und Anders informieren sollen? Wie auch immer, dazu ist jetzt keine Zeit. Jetzt geht es nur noch darum, Viggo einzuholen.

Der Kies knirscht unter seinen Sohlen, als er das letzte Stück zu der alten Kirchenruine hochläuft. Viel zu laut, denkt Alrik und weicht vom Weg ab, um auf Gras weiter zu laufen. Leise. Er muss leise sein.

»Viggo«, ruft er vorsichtig. »Viggo, wo bist du?«

Er sieht die Kirchenruine erst, als er direkt davor steht.

Graue Steine in grauem Mondlicht. Die Ruine sieht aus wie ein Geisterschloss ohne Dach. Durch ein gusseisernes Tor gelangt man in die Ruine. Das Tor steht offen. Alrik schleicht mit klopfendem Herzen durch den Spalt.

»Viggo!«

Im Innern der Ruine ist nichts außer dem grasbewachsenen Boden und ein paar übereinander gestapelten Gartenmöbeln, die mit einer Kette gesichert sind, damit niemand auf die Idee kommt, einen Stuhl oder Tisch mitgehen zu lassen. Wahrscheinlich lagern einige der Cafés aus dem Ort hier über den Winter ihre Außenmöbel.

Kein Viggo weit und breit. Alrik schaut hinter und unter den Möbelstapeln nach. Dort ist er auch nicht. Er schleicht wieder nach draußen.

Da hört er eine Stimme vorsichtig rufen.

»Alrik, ich bin hier.«

Alrik geht der Stimme nach. Sie kommt von der Rückseite der Ruine, wo die Grasfläche in ein junges Birkenwäldchen zwischen großen Felsbrocken übergeht. Er sieht Viggo erst, als er nur noch wenige Meter von ihm entfernt ist.

»Du hattest recht«, sagt Viggo leise und zeigt auf eine Stelle in der Mauer.

Im Boden ist eine tiefe Grube. Die ausgegrabene Erde ist über das Gras verstreut. Ein dicker Stein ist aus der Mauer gerissen worden. »Von der Mauer sind zwar nur noch Reste übrig, aber trotzdem sieht man, dass da der Stein gesessen haben muss. Und noch was.« Viggo zeigt in die Grube.

Alrik läuft ein kalter Schauer über den Rücken. Am Grund der Grube liegt sein grauer Kapuzenpulli mit dem Schlüssellochaufdruck. Er ist schmutzig und zerrissen.

»Wie ist der denn hier gelandet?«, sagt Alrik mit einem Zittern in der Stimme. »Viggo, wir müssen weg hier. Wir müssen ...«

Es raschelt im Gebüsch. Alrik bleibt fast das Herz stehen. Viggo schnappt nach Luft.

Aber dann atmen beide erleichtert auf, als aus dem Gebüsch der Streunerhund kommt.

»Hej, Kumpel!«, sagt Alrik.

Dabei sieht der Streunerhund ganz und gar nicht aus wie ein Kumpel. Er hat die Nackenhaare aufgestellt und den zottigen Pelz so aufgeplustert, dass er doppelt so groß wirkt wie sonst, und fletscht die Zähne in einem drohenden Grinsen.

KAPITEL 27

Der Grimm

Der Streunerhund fletscht die Zähne und ist zum Angriff bereit.

»Aber«, sagt Alrik, »ich bin's doch. Erkennst du mich nicht wieder?«

Viggo zupft ihn am Ärmel. Sie gehen langsam rückwärts.

Da fängt die Erde an zu beben und hinter ihnen tut es einen schweren Schlag. Beißender Gestank steigt ihnen in die Nase.

Sie drehen sich um. Und da steht der Grimm.

Er ist groß. So groß wie Viggo. Im ersten Augenblick halten Alrik und Viggo ihn für eine Steinstatue, aber

nur, bis er sein Maul aufreißt und laut brüllt. Das ist kein Brüllen wie von einem Löwen oder Wolf, es geht nach innen und es ist, als würde der Grimm mit seinem Rückwärtsbrüller alle Geräusche, alle Wärme und alles Leben aufsaugen.

Das Gras knistert unter seinen Tatzen, gefriert zu Eis und stirbt ab.

Alriks Hirn schaltet sich vor Schreck aus. Ich sollte so schnell rennen, wie ich noch nie in meinem Leben gerannt bin, denkt er, aber die Beine haben vergessen, wie das geht.

Der Grimm senkt langsam das Hinterteil. Ein kollerndes Gurgeln dringt aus seiner Kehle. Das Geräusch kündigt das bevorstehende Ende an. Und die ganze Zeit bröckeln Steinbrocken von dem Körper des Grimms herunter.

In den fast tausend Jahre, die er unter der Kirchenmauer begraben war, ist er versteinert, denkt Alrik träge, mit der Mauer verwachsen.

In der nächsten Sekunde macht der Grimm einen Satz auf sie zu. Das spitze Geräusch zerberstender Steine bohrt sich in Viggos Gehörgänge. Er presst die Hände auf die Ohren. Eine eiskalte Druckwelle schiebt sie nach hinten. Der Körper des Ungeheuers scheint in Todeskälte gehüllt.

Da schießt etwas an ihnen vorbei. Der Streunerhund. Er fliegt regelrecht an den Jungen vorbei, schräg nach oben, und stößt in der Luft mit dem Grimm zusammen.

Die Hundekörper prallen aufeinander. Im Vergleich zum Grimm ist der Streunerhund ein Fliegengewicht. Er fällt zu Boden wie ein nasser Sack. Aber immerhin gerät der Grimm für einen kurzen Augenblick aus dem Gleichgewicht wie ein Fußballspieler, der von einem harten Ball getroffen wird.

Diese Sekunde reicht aus, dass Viggo sich aus seiner Lähmung reißen kann. Er packt Alrik am Arm.

»Lauf!«, ruft er und zieht Alrik hinter sich her ins Innere der Ruine. Er zieht eilig das Eisentor hinter ihnen zu und entdeckt verzweifelt, dass es keinen Griff hat. Das Tor lässt sich nicht wirklich schließen.

Alrik schreit wie von Sinnen. Vor dem Tor hat der Grimm den Streunerhund im Nacken gepackt und schüttelt ihn hin und her, ehe er ihn schließlich durch die Luft schleudert wie einen Handschuh.

Sie hören das Schmerzensgeheul des Hundes, das abrupt abbricht, als er mit einem unschönen Geräusch auf den Boden aufschlägt.

Viggo zieht das Fahrradschloss aus der Tasche. Mit steifgefrorenen Fingern wickelt er es um die Eisenstäbe des Tores und schließt es ab.

Er kann gerade noch rechtzeitig seine Hände in Sicherheit bringen, als die Zähne des Grimms sich mit einem metallischen Klang um die Eisenstäbe schließen.

Das Biest wirft sich gegen das Eisengitter. Große Steinbrocken lösen sich von seinem Körper. Ein scharfer Splitter bricht von seinem Kopf ab und ein Stück von der Schnauze. Aber das kümmert den Grimm gar nicht. Erneut wirft er sich gegen das Gitter.

»Das hält das Tor nicht lange aus!«, ruft Viggo. »Komm!«

Viggo wärmt seine Finger mit seinem Atem und klettert im nächsten Augenblick wie eine Spinne die Mauer hoch. Alrik hat keine Chance, ihm auf diesem Weg zu folgen. Über den Umweg über die aufgestapelten Gartenmöbel schafft er es auch auf die Mauerkrone.

Sie stehen auf dem höchsten Teil der Mauer. Die Mauerkrone ist nicht sehr breit. Alrik versucht nicht daran zu denken, wie weit es bis hinunter zum Boden ist. Der

Streunerhund liegt ein Stück entfernt reglos im Gras, während der Grimm hin und her läuft, um einen anderen Weg ins Innere der Ruine zu suchen. Er peitscht mit seinem dicken Schwanz gegen die Mauer. Alrik wird ganz schlecht, als er sieht, wie unter den abbrechenden Steinsplittern des Grimmschwanzes ein dünner, haarloser, beweglicher Schwanz sichtbar wird wie der Schwanz einer Monsterratte.

Und dann beginnt der Grimm zu graben. Erde und Steine spritzen hinter ihm auf.

»Er gräbt sich unter der Mauer durch«, keucht Alrik.

Er nimmt sein Handy und versucht noch einmal, Magnar anzurufen. Keine Antwort. Da wählt er Laylahs Nummer.

Der Grimm gräbt unermüdlich weiter und der Erdhügel hinter ihm wächst.

Wie eine Maschine, denkt Alrik. Eine Mördermaschine.

Das Freizeichen ertönt, aber Laylah geht auch nicht ran. Warum kontrollieren Erwachsene nie ihre Handys? Laylah hat ihrs bestimmt wieder in ihrer Handtasche unten im Flur liegen.

»Was machst du?«, fragt Viggo.

»Wir brauchen Verstärkung«, sagt Alrik und wählt Anders' Nummer.

Viggo behält den grabenden Grimm im Auge. Es wird nicht mehr lange dauern und er hat es geschafft. Auf der Außenseite der Mauer ragt nur noch der rosa Rattenschwanz aus dem Loch heraus. Im Innern der Ruine beginnt sich eine kleine trichterförmige Grube am unteren Mauerrand zu bilden, in der die Erde nach unten wegrieselt. Dort kann jeden Moment der Kopf des Grimms zum Vorschein kommen. Viggo sieht Alrik an, der sein Handy ans Ohr drückt.

»Anders antwortet auch nicht«, sagt Alrik mit Panik in der Stimme.

Das macht keinen Unterschied, denkt Viggo. Uns kann sowieso niemand mehr helfen. Wenn der Grimm es durch das Loch schafft, wird er genau wie Alrik über den Möbelberg auf die Mauer klettern. Dann sind wir erledigt. Ob Mama sehr traurig sein wird?

Da sieht er etwas aus Alriks Hosentasche ragen.

Den Gleipnerstrick!

KAPITEL 28

Komm, wenn du dich traust, du fetter Mops!

Viggo zieht den Gleipnerstrick aus Alriks Tasche. Das schlabberige, nasse Teil macht wirklich nicht viel her.

Aber, es ist ihre einzige Chance. Und mit dieser Gewissheit wird es in ihm drin plötzlich ganz ruhig. Normalerweise schwirren die Gedanken in seinem Kopf herum wie Ameisen in einem Ameisenhaufen. Aber jetzt ist da nur ein einziger Gedanke, unumstößlich und glasklar.

»Hier«, sagt er zu Alrik und reicht ihm ein Ende des Gleipnerstrickes. »Halt das Ende fest! Und lass es auf keinen Fall los!«

Das andere Ende seilt er auf den Boden ab und klettert hinterher.

»Was machst du?«, ruft Alrik. »Komm sofort zurück! Bist du wahn …«

»Schhh!«, kommandiert Viggo mit einer Entschiedenheit, die Alrik verstummen und brav das Ende des Strickes festhalten lässt, dessen unteres Ende Viggo zu einer Schlinge verknotet, die er um die Stelle legt, an der der Grimm sich unter der Mauer durchgräbt.

Sobald er damit fertig ist, klettert er wieder zu Alrik auf die Mauer und nimmt ihm das Strickende aus der Hand.

»Sobald das Biest den Kopf rausstreckt, zieh ich die Schlinge zu.«

»Das funktioniert niemals«, sagt Alrik.

»Hast du einen besseren Vorschlag?« Viggo sieht Alrik an. »Wer war denn vor kurzem noch stolz wie Harry, dass er das Buch mit der Anleitung für den Gleipnerstrick gefunden hat?«

In dem Augenblick werden die gewaltigen Pranken des Grimms unter der Mauer sichtbar, gleich darauf der Kopf. Die schwarzen, funkelnden Augen fahren wild in den Augenhöhlen hin und her auf der Suche nach Viggo und Alrik. Der Grimm reißt das Maul auf und saugt mit einem Rückwärtsbrüllen einen winterkalten Luftstrom ein. Viggo schlingt das Ende des Gleipnerstrickes ein paar Mal um sein Handgelenk. Vermutlich sind seine Finger ganz steif vor Kälte.

Der Grimm schiebt den Rest seines Körpers aus dem Tunnel. Er ist so von Erde und Schmutz bedeckt, dass sie nicht gleich erkennen können, wo die Gleipnerstrickschlinge gelandet ist. Dann sehen sie, dass sie verrutscht ist und über einem Auge und Ohr festhängt.

»Komm, wenn du dich traust, du fetter Mops«, brummt Viggo aufreizend, doch Alrik sieht, dass er totenblass ist. »Komm schon, dreh deinen Kopf, damit die Schlinge um deinen dicken Hals rutscht!«

Er ruckt vorsichtig an dem Strick, um nachzuhelfen, als der Grimm sie entdeckt. Er wirft den Kopf in den Nacken, fängt den Strick zwischen den Zähnen und zieht daran.

Auf diesen kräftigen Ruck ist Viggo nicht vorbereitet. Daran hat er nicht gedacht, als er sich das eine Ende des Strickes ums Handgelenk gewickelt hat.

Alrik sieht Viggo mit den Armen wedeln, um das Gleichgewicht wiederzugewinnen. Er dreht sich um die eigene Achse, stürzt, schafft es aber, sich mit einer Hand an der Mauer festzuhalten.

Viggos Fingernägel kratzen auf der Suche nach einem Halt über den Stein. Sein Mund öffnet sich zu einem lautlosen Schrei, ehe er haltlos in die Tiefe fällt.

KAPITEL 29

Lass meinen Bruder los!

Alrik hat keine Zeit zum Nachdenken. Oder zum Angsthaben. Mit einem Satz springt er von der Mauer und landet auf dem Rücken des Grimms, als der sich gerade auf Viggo stürzen will.

Es ist wie ein Bauchklatscher auf einer Rolle aufgewickeltem Stacheldraht. Die nadelspitzen Haare des Grimms zerfetzen seine Kleider und ritzen seine Haut auf.

Der Aufprall presst ihm die Luft aus den Lungen. Nach einer gefühlten Ewigkeit kann er wieder normal atmen. Die Haut brennt wie Feuer, wo sie von Grimmhaaren aufgeritzt ist.

Der Strick, denkt er. Der Strick!

Er tastet nach dem Gleipnerstrick, der über dem Ohr des Grimms baumelt. Die Kälte, die von dem Monster ausströmt, verbreitet sich wie Gift in seinem Körper. Das Blut gefriert in seinen Adern, bald wird er sich nicht mehr bewegen können.

Er sieht, wie Viggo unten am Boden schützend den Arm hebt, als er endlich den Gleipnerstrick zu fassen kriegt.

»Loslassen!«, ruft er. »Lass meinen Bruder los! Du sollst …«

Mit einer trotzigen Kraftanstrengung gelingt es ihm, dem Grimm die Schlinge über den Kopf zu streifen und sie so fest zuzuziehen, wie er nur kann.

Der Grimm stellt sich auf die Hinterbeine wie ein steigendes Pferd. Alrik klammert sich mit letzter Kraft an den Gleipnerstrick, als der Grimm den Kopf von einer Seite zur andern wirft und Alrik wie einen Staublappen hin und her schleudert.

Als der Grimm wieder mit den Vorderpfoten auf der Erde aufsetzt, landet Alrik unter ihm. Er spürt, wie die Krallen des Grimms sich in seine Haut bohren.

Ich falle, denkt er, obwohl er doch am Boden liegt.

Durch einen verschwommenen Schleier nimmt er wahr, wie der Grimm sein Maul aufreißt, wobei sich Brocken aus dem Steingesicht lösen und um ihn herum auf den Boden fallen. Der halbe Kopf ist noch aus Stein, die andere Hälfte schwarz schimmernd und klein, echsenartig und ohne Ohren. Mehr bekommt Alrik nicht mehr mit, weil sich sein Sichtfeld zusammenzieht und alles schwarz wird.

Als das aufgerissene Maul des Grimms sich um seinen Kopf schließen will, denkt Alrik erstaunt, dass er gar nichts spürt.

Es tut gar nicht weh zu sterben, denkt er. Das ist, wie mit einem Kuschelteddy im Arm einzuschlafen.

Mein weicher Kuschelteddy, denkt Alrik und drückt ihn an sich.

KAPITEL 30

Otto

Viggo rappelt sich mühsam auf. Die Welt will nicht aufhören, sich um ihn zu drehen. Die Mauern der Kirchenruine neigen sich beunruhigend zur Seite, der Boden unter seinen Füßen schwankt.

»Hä?«, ist das Einzige, was er herausbringt. »Hä?«

Alrik liegt rücklings auf der Erde, die Arme um etwas Weißes, Pelziges geschlungen. Das Etwas zappelt und versucht loszukommen. Viggo stolpert zu ihm, während sich ganz langsam die Kirchenmauern aufrichten. Aber die hämmernden Kopfschmerzen bleiben.

Was hält Alrik da in seinen Armen?

Das ist Otto, Maggie Migränes Flockenhund.

Wo ist der Grimm? Warum hat Otto den Gleipnerstrick um den Hals?

»Hä?«, sagt Viggo noch einmal.

Alriks Arme rutschen leblos zur Seite und Otto kann entwischen.

Ein Schrei arbeitet sich in Viggo hoch. Ein Schrei, der in seiner Kehle steckenbleibt. Er fällt neben Alrik auf die Knie, weiß nicht, wohin mit seinen zitternden Händen. Alles an Alrik ist kaputt. Der Pullover ist völlig zerfetzt. Die weißen Lippen sind zerbissen. Und dann das Blut, so viel Blut.

Da löst sich der Schrei aus seinem Mund und er ruft, so laut er kann:

»ALRIIIK!«

Es fühlt sich an, als würde sein Kopf zerspringen, aber er kann nicht aufhören zu schreien.

Und da hört er eine vertraute Stimme. Estrid steht vor dem verschlossenen Eisentor und ruft etwas. Sie hat die Eisenstangen umklammert und rüttelt an dem Tor. Magnar ist auch da. Seine Lippen bewegen sich. Und er zeigt auf einen Punkt hinter Viggo.

Mit Verzögerung versteht er die Worte, die aus ihren Mündern kommen.

»Der Hund!«, rufen sie. »Halt den Hund fest! Pass auf! Der Gleipnerstrick!«

Ganz langsam dreht Viggo sich um und sieht Otto, der sich auf dem Boden wälzt und mit den Pfoten versucht, die Schlinge vom Gleipnerstrick über den Kopf zu ziehen.

Und es gelingt ihm, sich zu befreien.

KAPITEL 31

Todesrolle

Otto schafft es, sich den Gleipnerstrick abzustreifen. Er hechelt und zittert am ganzen Leib. Viggo sieht mit Grausen, wie auf seinem Schädel ein Spalt aufbricht und immer länger wird. Als würde ein Reißverschluss aufgezogen. Darunter kommt der Grimmkopf zum Vorschein, halb aus Stein, halb schwarze Echse. Der beißende Geruch steigt wieder in seine Nase.

Viggo schaut hilfesuchend zu Estrid und Magnar vor dem verschlossenen Tor.

Da nimmt er hinter den beiden eine Bewegung wahr. Was ist das?

Eine große Gestalt tritt aus der Dunkelheit und läuft,

zuerst noch auf zwei Beinen wie ein Mensch, dann auf allen Vieren wie ein jagendes Raubtier auf das Tor zu.

Das ist Damir.

Viggo spürt hinter sich erneut die Kälte aufsteigen, als Otto sich zurück in den Grimm verwandelt, er sieht Damir an dem Eisentor hochhechten und darüber springen, nein, fliegen. Mit einem langen Satz ist er bei dem Grimm und schlingt ihm von hinten die Arme um den Hals, drückt die Unterarme gegen seine Gurgel.

Damirs gelbe Raubtieraugen wenden sich eine Sekunde Viggo zu und er sagt nur ein einziges Wort. Seine Stimme ist rau wie Schmiergelpapier, ein unmenschliches Knurren. »RAUS!«

Viggo wird aus seiner Lähmung gerissen. Jetzt kann er Estrids und Magnars Stimmen ganz deutlich hören.

»Wo ist der Schlüssel für das Schloss?«, ruft Estrid.

»Wir müssen Alrik da rausholen«, ruft Magnar.

Viggo ist der Schlüssel egal, weil der Weg durch das Tor ohnehin versperrt ist. Dort kämpft Damir mit dem Grimm. Der Steinkörper des Grimms kriegt Risse, große Steinsplitter brechen ab.

Viggo packt Alrik an den Armen und zieht ihn zu dem Tunnel, den der Grimm unter der Kirchenmauer gegra-

ben hat. Es ist viel Erde zurück in den Gang gerutscht, der nur noch sehr schmal ist. Viggo legt sich auf den Bauch und schiebt sich rückwärts hinein. Dann fasst er Alrik um die Handgelenke und zieht ihn hinter sich her. Erde schiebt sich unter seinen Pullover und in die Hosenbeine, Erdbröckel rieseln von oben in sein Haar und in den Nacken. Viggo versucht, nicht daran zu denken, dass der Tunnel einstürzen und sie lebendig in sich begraben könnte. Nicht denken. Einfach nur rückwärts schieben, Zentimeter für Zentimeter.

Da fühlt er plötzlich ein paar starke Hände um seine Fußgelenke.

»Halt Alrik fest, dann ziehen wir euch raus!«

Magnar und Estrid haben je ein Fußgelenk gepackt und ziehen Viggo und Alrik das letzte Stück ins Freie. Viggo hält Alrik so fest, dass ihm die Hände wehtun.

Die Erdbrocken fallen in immer kürzeren Abständen von der Decke. Sobald die beiden Jungen in Sicherheit sind, kniet sich Estrid vor das Loch und schaut hinein.

»Zu spät«, stellt sie fest. »Auf dem Weg komm ich nicht mehr nach drinnen.«

Viggo spuckt Erde aus, aus seiner Nase läuft mit Erde gemischter Schleim. Er versucht aufzustehen, aber seine

Beine sind wie Pudding. Seine Hände zittern. Sie flattern wie Vogelflügel, er kann gar nichts dagegen machen.

Drinnen in der Ruine kämpft Damir mit dem neuen Wesen, das unter der abbröckelnden, steinernen Hülle des Grimm zum Vorschein kommt, ein viel kleineres, schlankeres und starkes Reptil mit vier scheinbar gelenklosen Beinen, die sich wie Schlangen winden. Der dünne Rattenschwanz schlägt wie eine Peitsche auf Damir ein, reißt blutige Striemen in Damirs Haut. Es hat die Schlangenbeine um Damir geschlungen und drückt ihn immer fester an sich. Damir keucht und knurrt vor Anstrengung. Der Grimm versucht ihn zu beißen, während Damir unter Aufbietung aller Kräfte versucht, sich den todbringenden Echsenkopf vom Leib zu halten.

Viggo registriert, dass Estrid seine Taschen durchsucht, ohne den Schlüssel für das Fahrradschloss zu finden.

Hab ich wohl verloren, denkt er. Beim Sturz von der Mauer.

Magnar hat seine Jacke unter Alrik ausgebreitet und zerreißt sein Hemd in Streifen, mit denen er Alriks Brustkorb verbindet.

Estrid rüttelt verzweifelt an dem Tor. Ihr Versuch, darüber zu klettern, schlägt fehl.

»Damir«, ruft sie, als der rückwärts taumelt und zu Boden geht. Der Grimm stürzt sich auf ihn und sie rollen über den Rasen. Im einen Augenblick ist Damir oben, im nächsten der Grimm, dann wieder Damir.

Damir scheinen in der Todesrolle mit dem Grimm die letzten Kräfte zu verlassen. Aber Viggo hat verstanden, was Damir vorhat. Er rollt sich mit dem Echsenungeheuer in den Gleipnerstrick ein, der noch dort liegt, wo Otto sich von ihm befreit hat.

Eine Rolle. Zwei.

Jetzt geht dem Grimm auf, was Damir vorhat, und er versucht gegenzulenken, aber Damir hält ihn fest. So fest, dass ihm bald die Muskeln reißen. Er hält ihn fest, bis der Grimm sich wieder in Otto verwandelt hat.

Da erhebt Damir sich keuchend und richtet sich auf. Seine großen Hände halten Ottos Kopf, als wäre er eine Frucht, in die er reinbeißen will. Ottos Beine zappeln hilflos in der Luft. Der Gleipnerstrick ist noch immer um ihre beiden Hälse geschlungen.

Damir hat sich auch verwandelt. Seine langen Haare sind weg, der Schädel ist glattrasiert. Vom Bart ist nichts mehr übrig und sein Körper ist nicht länger behaart.

Er drückt Ottos Kopf fest zwischen seinen starken

Händen, bis er das Leben in den Augen des kleinen Hundes verlöschen sieht.

Der Schädel zerbricht mit einem trockenen Knacken zwischen seinen Fingern und Viggo sieht voller Staunen, wie Otto sich auflöst und wie Sand an Damirs Armen herunter auf den Boden rieselt.

Damir wischt sich den Sand von den Armen, klettert mühsam über das Eisengitter und humpelt zu den anderen. Der Gleipnerstrick hängt schlaff um seinen Hals und schleift hinter ihm durchs Gras.

»Gut«, sagt er mit ganz anderer Stimme, als Viggo sie kennt, viel heller. Es schwingt ein leises Lachen darin mit, obwohl er ganz und gar nicht den Eindruck macht, als wäre ihm zum Lachen zumute. Nein, der unbehaarte Damir sieht sehr ernst aus, als er Viggo eine Hand auf die Schulter legt. »Das hast du gut gemacht, Viggo!«, sagt er.

In Viggos Augen staut sich ein ganzer Wasserfall an Tränen, er kann kaum was sehen. Sie laufen über sein Gesicht. Es fühlt sich an, als würden sie Furchen in seine Haut graben. Und seine Hände zittern immer noch völlig unkontrolliert. »Nein«, antwortet er. »Das hab ich … nicht … gut gemacht.«

Magnar hebt den leblosen Alrik hoch. »Er atmet. Ruft einen Krankenwagen. Er muss ins Krankenhaus.«

»Nicht ins Krankenhaus«, sagt Damir knapp. »Dort können sie ihm nicht helfen. Bringt ihn so schnell wie möglich in die Bibliothek. Aber für ihn ...«

Er schaut zu dem Streunerhund und beendet den Satz mit einem Kopfschütteln.

Der Hund liegt etwas abseits leblos im Gras. Sein Hinterteil ist unnatürlich verdreht. Estrid geht zu dem Hund, fasst ihn an den Pfoten und schwingt ihn sich über die Schulter. »Lasst ihn uns wenigstens begraben«, murmelt sie. »Und jetzt kommt! Wir müssen uns beeilen.«

Damir nimmt Viggos Hand. Der stolpert neben ihm her und kann den Tränenstrom nicht stoppen. »Ich bin schuld!«, schluchzt er. »Das ist alles meine Schuld!«

Die Straßen sind leer. Viggo schielt zu Damir, der aus mehreren Wunden blutet und bei jedem Schritt vor Schmerz das Gesicht verzerrt. Der Gleipnerstrick hängt noch immer um seinen Hals.

»Willst du das Ding nicht abnehmen?«, fragt Estrid.

»Ich habe gerade keine Kraft mehr, einen neuen Wolf in mir zu zähmen«, antwortet Damir. »Ein Kampf nach dem anderen.«

Endlich erreichen sie Estrids und Magnars Haus in der Klostergatan. Die Katze, die immer auf der Vortreppe liegt, ist nicht zu sehen. Estrid geht als erste die Stufen zur Haustür hoch.

Sie hält inne und hebt eine Hand als Zeichen, dass die anderen stehenbleiben sollen.

»Was ist los?«, keucht Magnar angestrengt.

Estrid signalisiert, dass sie leise sein sollen. Sie steht mucksmäuschenstill da und lauscht, das Ohr der Tür zugewandt. Die anderen stehen hinter ihr und warten gespannt. Da dreht sie sich langsam um und flüstert:

Wer hat sich Zugang zu Estrids und Magnars Haus verschafft? Wird Alrik überleben? Und gibt es eine Schwarzhexe in Mariefred, die die Wesen der Finsternis zum Leben erweckt und die Bibliothek übernehmen will?

Das könnt ihr im dritten Band nachlesen: Das Geisterkind.

Åsa Larsson (Mitte) ist eine der renommiertesten Thriller-Autorinnen Skandinaviens. Ihre Bücher haben sich weltweit millionenfach verkauft. PAX ist ihre erste Serie für Kinder.

Ingela Korsell war Lehrerin, bevor sie sich entschloss, ein Studium der Jugendliteratur zu beginnen. Sie hat in Schweden bereits zwei Krimis für Kinder veröffentlicht.

Henrik Jonsson hat Comicillustration studiert und für DC Comics an Serien wie »Batman« und »Suicide Squad« mitgearbeitet. Seine erste eigene Comic-Serie »Der Nordmann« veröffentlichte er 2013.

Dieses Buch ist auch als E-Book erhältlich.

FSC www.fsc.org MIX Papier aus verantwortungsvollen Quellen FSC® C014496

Verlagsgruppe Random House FSC® N001967

1. Auflage
Erstmals als cbt Taschenbuch August 2019
Als Hardcover erschienen unter dem Titel »Pax – Der Höllenhund«

Erstmals erschienen unter dem Titel: »PAX-Grimmen«
bei Bonnier Carlsen Bokförlag, Stockhom
Vermittelt durch Ahlander Agency
Übersetzung: Maike Dörries
Umschlagkonzeption: semper smile unter Verwendung
einer Illustration von Henrik Jonsson
CK · Herstellung: LW
Satz: Uhl + Massopust, Aalen
Druck: GGP Media GmbH, Pößneck
ISBN 978-3-570-31289-6
Printed in Germany

www.cbj-verlag.de

LESEPROBE

Dämonenjäger

Der Fluch des Geisterkinds

Band 3

Gefährlicher, als du es dir vorstellen kannst

Estrid drückt ihr Ohr gegen die Tür und lauscht. Der Streunerhund hängt schlaff über ihrer Schulter.

»Hört ihr?«, flüstert sie.

Magnar, Viggo und Damir lauschen. Magnar hält Alriks leblosen Körper in den Armen. Viggo, der dicht neben Magnar steht, umklammert einen Zipfel von Alriks Pulloverärmel. »Alrik«, flüstert er. »Alrik.«

Aber Alriks Kopf hängt herunter, als gehöre er einer Stoffpuppe. Sein Gesicht ist ganz weiß. Die Lippen sind bläulich. Ein schreckliches Monster, ein Kirchengrimm, hatte ihn angefallen – was normalerweise tödlich ausgeht.

»Es ist jemand im Haus«, sagt Estrid leise. »Schh!«

»Wir müssen auf jeden Fall rein«, flüstert Damir. »Magie ist das Einzige, was Alrik retten kann. Vielleicht ist es bereits zu spät. Was für Heilkräuter hast du, Magnar?«

»Ich habe Odinsklee, Spinnenwurz und Elfenkraut«, sagt Magnar. »Aber alles befindet sich in der Bibliothek.«

Viggo schaut zu Damir. Kann er Alrik retten? Und ist das da überhaupt Damir? Ernsthaft? Der Damir, den Viggo und Alrik kennengelernt hatten, war behaart und groß und stark. Aber nachdem er sich den magischen Gleipnerstrick um den Hals gelegt hatte, war er total verwandelt. Er hat keine Haare auf dem Kopf. Die Augenbrauen sind so hell, dass sie beinahe nicht zu sehen sind. Er sieht elend aus.

Magnar legt zwei Finger an Alriks Hals. »Er hat Puls. Aber sehr schwach.«

»Könnt ihr mal still sein?«, zischt Estrid und legt den schlaffen Hundekörper vorsichtig auf die Veranda.

Sie umklammert ihren Stab fester und drückt langsam den Türgriff nach unten. Die Tür öffnet sich mit einem Knirschen. »Was in aller Welt …?«, murmelt sie.

Im Haus herrscht Chaos. Die Tür des Kleiderschranks in der Halle steht offen. Schuhe und Kleidung liegen in einem einzigen Durcheinander auf dem Boden. Estrid macht einen vorsichtigen Schritt hinein.

Die anderen folgen ihr. Auf dem Küchenboden liegen zerbrochene Gläser und Porzellan, Milch vermischt sich mit Saft. Die Stühle sind umgeworfen. Zerschlagene Eier rinnen die Wände herunter. Jetzt ist es still. Unheimlich still.

Platsch!, macht es unter Estrids Fuß. Sie ist auf einen von Magnars Pfannkuchen getreten und das Apfelmus spritzt heraus.

In der nächsten Sekunde kreischt es: »*Stäärben, stärben!*«

Zwei Impe sitzen oben auf einem Schrank. Der eine trägt eine Mütze, gefertigt aus einem Katzenkopf. Sie stemmen sich gegen die Wand, um den schweren Schrank umzustoßen.

»Achtung!«, ruft Viggo.

Magnar schafft es exakt in dem Moment einen Schritt zur Seite zu machen, als der Schrank mit lautem Getöse in seine Richtung kracht. Er drückt Alrik fest an sich. Die Impe sind weiter zu dem Regal mit den Tellern über der Spüle gehüpft.

»*Platt*!«, schreit der Imp mit der Katzenmütze und zeigt auf Magnar. »*Pfannkuchen wirst du!*«

»Raus!«, ruft Estrid Magnar zu. »Beschütze Alrik!«

Magnar stürzt zurück in die Halle. Der Imp wirft eine Suppenschüssel nach ihm, aber Estrid schlägt mit dem Stab gegen das Wurfgeschoss, das in tausend Stücke zerbricht.

Der andere Imp wirft ein Kochbuch auf den Herd und dreht das Gas an. Eine blaue Flamme steigt auf und das Kochbuch fängt Feuer. Die Impe bombardieren Estrid, Damir und Viggo mit Kräuterdosen, Flaschen und Küchenmessern.

Estrid versucht zurückzuschlagen. Aber die Impe sind zu schnell, sie hüpfen zwischen den Schränken hin und her, schwingen sich an den Deckenlampen entlang, klettern auf den Gardinenstangen herum und werfen mit Gegenständen. Die Luft ist voll von Teekannen, Teigrollen und Kerzenständern. Damir und Viggo versuchen sich mit einem Tablett als Schild zu schützen und durch die Küche zu kommen.

Estrid gelingt endlich ein Treffer. Platsch! Der Imp ohne Katzenmütze kracht in die Fliesen über dem Herd. Leblos fällt er auf das brennende Kochbuch. Die Flammen schlucken den haarlosen Körper. Die Haut zerplatzt wie bei einem Brathähnchen. Es faucht und raucht.

»Alrik!«, ruft Magnar aus der Halle. »Alrik… er atmet nicht.«

Als Viggo Magnars Worte vernimmt, ist er im Begriff, nach draußen in die Halle zu Alrik zu stürzen, aber Damir packt ihn am Arm.

»Wir müssen hinunter zur Bibliothek«, sagt Damir. »Das ist die einzige Möglichkeit, deinen Bruder zu retten.«

Als sie sich zur Kellertreppe umwenden, kommt von dort eine dicke Glasscherbe geflogen. Dann hören sie aufgeregte Impstimmen. Viele Stimmen.

»*Stäärben sollen wir!*«

»*Viele! Wir sind!*«

Ein Scherbensturm fliegt in Richtung Viggo und Damir.

»Der ganze Keller ist voller Impe!«, ruft Estrid. »Sie müssen alle Marmeladengläser kurz und klein geschlagen haben! Passt auf! Diese Scherben können euch töten.«

Estrid steht noch immer in der Küche und wehrt die Kochtöpfe ab, die der Imp mit der Katzenmütze auf sie abfeuert. Jetzt scheint es, als würde der Stab in ihren Händen lebendig. Rasante Treffer. Er dreht sich und wehrt ab. Estrid hat alle Mühe, ihn nicht zu verlieren.

Viggo und Damir halten die Tabletts wie Schutzschilde vor sich. Viggo spürt die Angst im Magen. Alrik darf nicht sterben. Das darf er einfach nicht.

Auf dem Herd brennt der tote Imp. Dichter schwarzer Rauch erfüllt die Küche.

»Du kannst die Impe töten, Damir!«, sagt Viggo. »Nicht wahr? Wenn du den magischen Strick ablegst!«

»Da werde ich wieder zu einem Drittel Wolf!«, antwortet Damir. »Und jedes Mal wenn ich Wolf werde, bekomme ich eine neue Wolfspersönlichkeit. Es brauchte sieben Jahre, um den letzten Wolf in mir zu zähmen. In den ersten Jahren hielten mich die Hexenbrüder nachts in einem Käfig.«

»Aber du musst!«, schreit Viggo.

»Ich werde gefährlicher, als du es dir vorstellen kannst«, sagt Damir, »auch für euch.«

»Das verstehe ich ja«, sagt Viggo. »Hast du vergessen, wie du mich in der Bibliothek gejagt hast?«

Viggo greift nach dem Strick, der wie ein Fetzen um Damirs Hals hängt. »Wir tun es trotzdem«, sagt er bestimmt. »Ich verspreche, dir den Strick danach wieder anzulegen.«

Damir nickt. Sein Augen sind weit aufgerissen und voller Panik.

»Auf Drei«, sagt Viggo. »Denk nur daran, wie herrlich es sich anfühlen wird, kleine Impe totzubeißen! Eins … zwei … DREI!«

Mit einem Ruck löst er den Strick von Damirs Hals.